永無島的旋律

金車奇幻小說獎傑作選

黃致中、睦同、謝曉昀、太陽卒、曾昭榕　著

Content

目次

#【第三屆金車奇幻小說獎評審團好評】

首獎．《天一閣鬼魂盜書始末》／黃致中

整篇讓人愛不忍釋，處處機鋒，處處有引人入勝的轉折。講到耳語、講到神酒、講到蠱毒，都有妙趣。為什麼要有蠱毒掐在心裡？「世事總是如此，當人學會了一樣東西，要不濫用是不可能的……」，餘韻天成。評審們都是愛書人，讀到這篇的主旨特別動容（想來也特別偏愛），為了護衛好看的書，情深款款，竟可以生死以之。

特優．《烘爐地》／睦同

臺灣地景為小說場域，嫁接臺灣特有民間信仰與咖啡烘焙專業，鋪展出華麗的敘事軸線，選材有巧思，也兼及創意。

作者文字運用熟練，語感佳，場面恢弘壯麗，故事推進流暢，角色經營得頗有層次，閱讀起來很過癮。

情節鋪陳上，烘豆比賽過程描述稍嫌冗長，可再精簡，或者在賽程中加入更能左右情節的要素，比如：第八組那位神祕的大鬍子烘豆高手，便可加強利用。

小說開頭拉開疑問，是吸引人的好技巧，可惜後續沒有緊密呼應，尾勢經營得稍弱，或許可再微調。

優選．《真相之卷》／太陽卒

這是一篇以抽絲剝繭方式敘述一個架空故事的作品，作者流暢的敘事方式不錯，由一個奇異老人的敘述，道出幾個族類的悠長歷史。在故事中的陰謀論設定，認為歷史是勝利者寫的，實際真相隱藏在大地之中，這是相當不錯的元素。

優選．《小豪》／謝曉昀

這是一篇描寫很多心理層面的作品。人與蛇之間發生的事，最後導引致人為蛇所控制的結局，但難得的是作者沒把這種附體控制的老梗寫得陳舊，反倒有著新意，讓「控制」這種現象脫離了一般的恐怖之感，反倒有著「對人類失望後，得到的無奈美好」的隱喻。這部作品的視覺感讓人沉醉其中，很清晰地看到了故事人物(包括蛇)的形象，很享受作者說故事的功力。

優選．《永無島的旋律》（原名永無島之夏）／曾昭榕

這一篇有極大的企圖，作者心中有一張世界全圖，或說，有一具幅橫跨時間與空間的宇宙模型。藉著故事，連貫以音樂的感官描述，作者有心對包括文明、環境、烏托邦在內的議題提出種種反思。

畢竟如此宏觀的題目並不容易寫。需要較長的篇幅，尤其需要穩準的經營與隱隱然的駕馭（譬如可以讓音樂的感官經驗，作為聯繫著烏托邦、灰洞與魚人的隱形繩索）。作者若把相似的主題發展為長篇，或者同樣的內容重新排比，重新構思再寫一回，將有值得期待的小說成績。

第三屆・首獎

〈天一閣鬼魂盜書始末〉

黃致中

作者簡介／黃致中

曾任科技工程師，因熱愛寫作而轉行。擅長以工程思維將各種作品拆解、重組，並以簡明易懂為目標闡述實用的創作理論。現任耕莘青年寫作會總幹事、FB粉專《每天為你讀一首詩》編輯委員。曾參與籌辦多屆文藝營與工作坊，擔任講師與總召。作品曾獲台中、新北、竹塹等文學獎、金車奇幻小說獎。著有新型態奇幻武俠小說《夜行：風神鳴響》。

我循著秘密印記前往茶樓，接洽的人在面前放了一杯茶與些小點，茶碗蓋旁放雙筷子，筷尖卻朝自己，我便在他前面坐下，問了聲朋友。

「打哪來？」他懶懶地問。

「『萬事皆備』。」

只欠東風，餘下三風亦即「三手」，代稱名門武當。他微微挑眉，用那渾濁骯髒的黃眼把我上下打量了一遍。

「好不容易拜上了名山，卻來做這行當？」

「山大卻也人多，規矩也多，憋悶得緊。」我笑了笑：「在名山學了點手藝，也就足以討口飯吃。」

「學什麼？」

「還不就道士那套，養生煉丹，畫符捉鬼。」

「去到名山，就只學這些鳥招？」他噴笑，雖不大聲，卻笑得茶水也微微晃了。我也跟著笑，笑完，說：「沒辦法，這年頭如果手上不硬，還真捉不了鬼哪。」

他停了笑聲，看看我，又點了點頭。

「誰跟你說到這兒找我？」

「茅山老張。」我說：「他說寧波這一帶都歸你管，有件差事可能適合我做。」

說著，我把兜裡一個玩意掏出來，是個玩具似的小長弓，以香茅草編成。

「還真是你。」他搖搖頭：「一見面我還不敢相信，瞧你的樣子好似還在幫師父跑腿；氣味也怪，換個打扮就活脫是個進京趕考的秀才。卻來這行淌什麼渾水。」

「沒法，生來一副怪脾性，哪有怪事我就往哪鑽，渾水也淌了好一陣，就想捉到大魚。」我說：「失禮，尚未請教姓名，在下李雲開，京城人氏。」

「在下姜定海，本地人。」他指指左臉一道眉角直至下巴頦的疤：「跟戚將軍打過倭寇，用這疤換到了十六個賊頭賊腦，也讓我昇了隊長，划算。」

「了得。」我拍案，他倒杯茶，推給我，又向我舉杯。「乾。」

我微笑著看他一飲而盡，碰也不碰那茶。

「你瞧不起人？」他眯眼斜覷。

「誰瞧不起人？」我說：「要考較人，老實說就行。不如這樣。」

我從兜裡拿出個葫蘆，打開封口，幫他斟滿。

「你喝我這酒，我就喝你的茶。」

他哈哈大笑，這回是真的笑到桌子都在震動，整間茶樓卻沒一個人轉頭看我們。

「真是我失禮了。」他把茶杯往前推了點。「如果你被我推薦去，卻表現得太不像樣，我也會跟著難看。所以恕我必須多加確認。」

「好說。」我笑了笑。「你已經比老張客氣多了，我跟他同行了三天三夜，他就考較了我三天三夜。」

「然後？」

「然後他就叫我來這裡。」我食指在面前的茶杯上晃了晃，又把茶杯晃一晃，然後一飲而盡。「我猜，他不太擔心我會讓他丟臉。」

姜定海嘿嘿地笑。「你已經知道那是什麼了？」

「當然。你也一直喝著同一壺茶，那就好猜了。」我晃了晃葫蘆：「話說在前，我可是絕不會喝這玩意。」

「好東西。配方是？」

「再一起喝幾次酒，我就告訴你。」我笑。

姜定海呸了一聲。「現在武當都教這個？」

「當然不教。所以我說嘛，無聊得緊。」

「難怪你待不住。」他搖頭又拿了個新杯子斟了茶。「那些大爺手上的功夫很硬，但這方面就不太行。要是讓他們知道你在這方面厲害，怕也容不下你。」

「可不是，看看他們都難過。修了一輩子真，卻敗給一口茶，真是何苦。」

※※※

確認了諸般瑣事，約定三日後與僱主見面，就拜別了姜定海。

「我想想，或許正是像你這樣的人，意外地適合這差事。」他說：「只是記得，別作這遊方道士的打扮。你看來像個秀才，那就讓自己看來像那個樣，或可省去不少麻煩。」

「多謝提點，卻不知他們是討厭道士？抑或……」

「官家有官家的架子。你懂。」姜定海搖搖頭：「這一家更是特別麻煩。不只你，我們在那裏全都不好施展手腳。」

我謝過他，三日後換個書生打扮，如普通的訪客遞上拜帖，便順利地被引進府第的東側廳堂，堂上的牌匾字體靈動：「即興房」。我站在廳堂中央四處打量。這家的祖父輩曾官至兵部右侍郎，現任當家也是吏部主事，原想這趟或能見識些奢華的光景，從正門到庭院一路走來卻僅是維持個差強人意。廳堂裡較有看頭，兩幅屏風，一幅水墨山水，一幅狂草，幾幅掛畫上頭印章斑斕，該是此間最貴的物事；茶几桌椅則是官家常見的酸枝木，上頭有些紋飾鑲嵌，也是意思到了而已。

外頭有人走來，我向他拱手施禮：「敢問是九如公？」

那人兩鬢已斑白，兩眼卻神采斐然，正是現任范府當家范汝楠，字九如。他微笑點頭，又看了看拜帖。「李雲開。好名字。撥雲見日。你可知道藏書最怕什麼？」

「失火、蟲蛀？」

「還有生霉。」他點點頭：「近日梅雨連綿，正需日頭露臉，雲開兄就來了。所謂風雨如晦，雞鳴不已。既見君子，云胡不喜！妙哉，妙哉。」

他撫掌大笑，我也跟著笑，兩人分主客坐下，又啜口茶。

「雲開兄近來可曾讀過什麼有趣的書？」

「說來慚愧，在下漫遊四方，風塵僕僕，無暇潛心閱讀。」

「那真可惜。」他皺眉：「難得能漫遊各地，何不多蒐藏些珍本善本？醉翁有云，讀書有三上，馬上枕上廁上，怎麼說旅途裡無法讀書？」

我急忙陪笑：「在下卻是時刻讀著另一本書。莊子有云：『天地有大美而不言』，徜徉其間，觀之翫之，於心足矣。」

「『天地有大美而不言，四時有明法而不議，萬物有成理而不說』。」他念著莞爾一笑，像那字句上塗了蜜糖。「……『是故至人無為，大聖不作』。好罷，吾非至人，我的大美天地，就在這裡。」

他負手踱出門，我亦步亦趨。走過天一池，眼前便是棟惹眼的建物。說惹眼，並非外觀有什麼雕欄畫棟，乍眼看去就是個兩層樓閣，大門深鎖，窗戶緊閉，貌不驚人；但看在慣走江湖的人眼中，光是可見的防盜機關、巡守的家丁，幾可比擬富商巨賈藏金儲銀的庫房。

天一閣，寶書樓。

「不知你是否知曉，家有家規，我不能領你上去。」

「在下自然理會得。」

天一閣，這棟府第的第一重鎮。左側是這樓的前身東明草堂，與當初建樓的人住的故居，司馬第。如今范司馬已去世十餘年，東明草堂與司馬第同是大門深鎖，人去樓空，衣冠寢具仍應保留如常，這叫祭如在。這妥貼的心意在此卻顯得諷刺。誰也知道，若亡者真死後有靈，那魂靈肯定不會在司馬第，而是在這寶書樓裡。

「『代不分書，書不出閣』。」他說著嘆了口氣。「莫說來者是客，即使我想進去也多有不便。兄弟三家各分一把鑰匙，三把鑰匙都到了才得開鎖。這規矩是破不了的。」

傳言范司馬臨終前把遺產分兩份。整棟書樓算一份，其餘房產算一份。後人只能挑其一繼承。而他長子挑了書樓，規矩從此代代相傳。唯有比起房產金銀更愛書的癡人，才有資格掌管寶書樓的鑰匙。但實際的規矩似乎比傳言中更複雜。即使通過了利益的誘惑，仍舊無法肆意遨遊書海。沉重的責任，嚴苛的規矩。

此間有鬼。

我看著寶書樓，像看著一叢妖異的花朵，吸盡了天地靈氣而能成其豔，也迷惑了每個賞花人。我似乎有些明白了為何范府在書樓外的地方都異常儉約。唯有真心所愛，才能將他處的匱乏看作是自己確實有將每一分滋養都用在「此處」的讚賞。

我來此，便是來捉鬼的。站在這樓前，即使主人沒開口，也大約能猜到發生了什麼事。

「回即興房細談吧。」他又嘆口氣，轉身向我，微駝的背後撐著寶書樓長長的影子，我看了這巨大的魔魅一眼，轉頭跟上。

※※※

進了即興房更裡面的書齋，待下人點燈奉茶畢即揮退，書齋裡僅剩二人。九如公將臉沉在茶霧裡許久，才開口。

「雲開兄，你認為『鬼』是何物？」

察顏鑒色，他顯然不想聽任何書袋，我想了想。「鬼是好東西。」

「好東西？」他挑眉，笑了。

「無論鬼神均為同理。自凡情志鬱結，執念熾烈，清者化昇為神，濁者下墜為鬼。人們會找鬼神求助的原因無非兩者：但求保佑以安心、抑或同處在心焦火燎的處境。只求心安那當然求神；若是鬱結難解之情，找鬼反倒比找神更有用。」

「鬼竟是如此可愛？」

「不。找鬼有用，只因鬼比神更接近這濁世，要解決塵間事，關鍵多在找鬼。對於無力驅鬼之人，鬼是可怖的；但若是善於找鬼、驅鬼，鬼就是好東西。找到了，驅除了，好日子就跟著來了。」

「這說法倒是挺新鮮。」他笑：「那你有聽過鬼會偷書的嗎？」

「鬼中竟有如此雅賊？」我也笑。

「何雅之有！」九如公突然斥道：「偷金偷銀還有得說，偷書簡直是禽獸所為！」

我鄭重道歉，請他說詳細點。從范府「抄書日」，與一部《海燕叢集》起始的怪事。

抄書日是天一閣五年一度的大日子。發起范府全族，旅居外地的族人也發帖召回，他們往往也樂於赴約。除本家外的男性族人，一生也就這麼幾次能進天一閣，排除萬難也得來。握有鑰匙的本家三兄弟聚於一堂，當眾開鎖，依上回抄書日定出的書籍名冊，全府男性換上特殊的短衫入樓，不分晝夜燈火通明，質地上佳的文房四寶擺齊，眾人端坐桌前，將名冊上年久日積、隨時可能散灰的重要收藏盡數新錄一份抄本。抄寫累了的空檔，便可盡情閱覽閣內藏書。這盛事通常會持續竟月，直到名冊上的書均錄有抄本，又定下五年後預定抄書的名冊才告結束，重新上鎖，回到只有本家兄弟能入寶書樓的常規。

在此期間，本家的三兄弟例不抄書，僅輪班率領家丁任糾察之職。抄書人員出入、如廁均得受驗，短衫輕薄，袖子與衣擺刻意裁短，要偷帶任何書出去可謂難如登天。異狀發生在抄書日開始約一週後，三弟范胤侯要求遠房親戚幫抄一部《海燕叢集》。這書原不在名冊上，雖有臨時追加的前例，對於內向寡言的三弟而言這要求卻是罕見。他只說想燒這部書的抄本給四年前去世的亡妻，如果那負責抄書的親戚無異議，眾人也就睜一眼閉一眼。而那人自然一口應承，吩咐自帶的書童上樓取書，去了好久，回來的卻是家丁，說要找大老爺。

書不見了。

當九如公說到那一刻，聲音仍微微顫抖。書不在它原本該在的地方，就像天塌了一角。通傳的家丁面色鐵青，三弟更是臉色慘白、搖搖欲墜。此時二弟范釋光卻晃悠晃悠地過來，說了句：「哎，真巧了。我當班時，恰好有交代人補抄這本呢，現在估計已抄到近一半。若三弟你急，抄完就先送你如何？」

一言出口，九如公忍不住破口大罵二弟交接不力，邊罵卻邊笑，滿頭大汗的眾人此時才感到清風拂面，呼了口長氣。

又過兩時辰，二弟才把另外兩兄弟叫到密室裡。當然，他沒叫人抄那部《海燕叢集》。天一閣藏書凡五千部，七萬餘卷，哪這麼巧，兄弟倆會在同一天挑上同一部書補錄？

「只我們三人知情。」二弟說：「此事不宜明察，只宜暗訪。現在人多，若一亂，後果可真不堪設想。」

九如公不得不佩服二弟的急智。三兄弟在書齋裡定謀劃策，分時分區暗中尋書，直至抄書日結束，親戚們心滿意足地回鄉，《海燕》依舊渺然無蹤。

更可怕的事，出現在抄書日之後的首次月例聚會。

日常三兄弟每月開一次樓，送入當月各自找到的藏書。那一天卻是史無前例，三兄弟均兩手空空地進寶書樓，一關好門，急忙再把藏書的二樓全搜過一遍，經個半時辰，無功而返。當三人頹然坐落，歇息擦汗，二弟卻說了句令所有人為之悚然的話。

「如果，不只《海燕》呢？」

當天已不及全數查驗一遍。三兄弟按捺脾氣，足足花了六次月例聚會，期間還不得露出絲毫異狀，這才全數查清。含《海燕》在內，足足少了一十八部珍本，合共兩百餘卷。

那一夜，兄弟們相對慘然。望著彼此，卻一句話也不敢出口。

是誰？

這寶書樓只有咱們三人齊聚才得進入，是誰？

只要一言出口，這寶書樓便會如遭火焚。

「是鬼。」冷不防地，三弟悶悶地吐了句。

過了好一會，二弟才懶懶地說：「別鬧了。」

「我沒鬧。」三弟說：「她向來就想看《海燕叢集》。也是因此……」

才會想把抄本燒給她。

「別鬧了。」二弟又說，話音卻有些動搖。

「還有，那一十八部書裡……還有，還有五、六部。她、她也跟我提到過的……」

三弟說到後來，聲音也發顫了，泣不成聲。

「她曾託我，一次半部就好……每五年，半部書，此生已足……」

九如公只覺得一股寒氣從背脊直竄上後腦，仿若在寶書樓的暗處正有人在覷眼偷看。

「芸兒……妳在嗎？我……」

「你給我閉嘴！」九如公拍案而起。「再不閉嘴，你這輩子都別想進寶書樓。」

幽暗裡，只剩無風自晃的燭火，與強自抑制的抽泣聲。

※※※

會偷書的鬼，與如霧般消失的書。

「關於這位三少爺的亡妻，能否請您多說一些？」我追問。

「我不清楚。她身子弱，嫁來三年就去世了。」九如公哼了聲，一臉餘恨未消，若此刻那女鬼在他眼前現身，估計他也會毫不畏懼地上前廝打，要她還書。

「要你驅除這鬼，需要幾天？」

「此刻還難說，需要多問問。」

「問什麼？畫符驅鬼，靈不靈一試便知。」

「實不相瞞，若哪個道人來府上，問都不問就只管貼符，我可以跟您擔保，那九成以上是假的。」我說：「驅鬼並不比掃除落葉。首先也得視其所以、觀其所由、察其所安，才能祛除乾淨。」

九如公被逗樂了。「想不到聖賢之教竟然還能用來驅鬼。人焉廋哉？鬼焉廋哉？」

「所以懇請九如公允許，我得問人，愈是跟這鬼熟的人愈好。比如三少爺……」

「不成。」九如公斷然說。「此事極密，豈容你這麼四處鑽探？你還算乖覺，沒有一身江湖習氣地進來，讓我還能以外地書商的名義招待你住幾天。但為免日久惹疑，能否在七天內完成驅鬼？」

我內心暗罵，臉上卻只是微微一笑：「必將盡力而為。」

他沉吟了許久，緩緩開口：「我想你應該知道，此事不僅絕不能漏出口風，就連起疑的餘地也不能留。」

「這是最基本的行規，在下自然理會得，願以性命擔保。」

「那好。」九如公又沉吟許久，我不敢催他。他突然揚聲：「來人！」

他走出書齋，又叫了兩聲，終於有家丁匆匆跑來，他交代幾句，又回房內。

「我叫一心幫你。首要記住你的允諾。餘下缺了什麼、想問什麼，問她就行。」

外頭傳來一串細碎腳步聲，名喚一心的婢女出現在門口，道了個萬福。

※※※

等她將客房安置完畢，我問一心此地最大的書商有哪些？真不愧是范府婢女，我隨口問，她隨口就答了六間，又想了想，再補兩間。而且每一間她都知道在哪。

「李爺真是熱心人。」她笑：「明早就要去拜訪嗎？我可以幫您帶路。」

「沒法，家裡還等著用錢，得早日買到一批好書回去啊。」我順著「外地書商」的說法，隔天就拉她去訪遍了每一間。都是用同樣的問法，也得到相同回答。只要本地書商進了什麼珍本異書，定會忙不迭地送去天一閣一份，在進貨日所有書商像在競跑搶第一，因為進貨價十分優厚，而且只要書況好，幾不議價。

「這些是本店特別好的書……是，天一閣也都有這些……您問我們有沒有留著哪一本是天一閣沒有的書？」

問到這裡不是收到白眼，就是嘲笑。除非犯傻了，誰敢得罪這麼好的客人？

「李爺，忙了一天，您還是沒找到中意的書呢。」一心問。

「是，沒法。」

「您為何……如此執著地找我們家裡沒有的書呢？」

「因為有難纏的客人啊。」我說：「有些人就是挑明了，他只要天一閣沒有的書。」

「哎呀……」一心厭惡地看著我。

「他們這些藏書家愛爭意氣，與我無關。但為了養家活口，還是得盡力去做。」

「但在這裡是不可能的。去外地說不定還有機會。勸您還是早日改換目標吧。」

「一心，尋常店家都逛遍了，你知不知道有哪裡可能存著特別珍異的書籍？私人藏書亦無妨，貴一點沒關係，我自有方法。」

「我知道的全都告訴您了。剩下我雖不清楚，但即使有，一定也還是流向我們家吧。」

一心人如其名，即使覺得無謂，還是認真回答。我忍不住想逗逗她。

「勞妳奔忙一日，歇歇吧，去茶樓，我請客。」

她看到姜定海果然整個人僵住，大約不知多久沒見過相貌如此粗野的人。被我一招呼，她只得像個捏麵人似地在旁坐得挺挺，嘴巴緊閉，茶也不喝。姜定海倒看不下去，把捏麵人的手端起，硬是塞下一把銅錢。「去，買些零食吃。」

一心一走，他就皺眉對我：「你到底在玩什麼？」

「我沒在玩。時間緊迫，就直接問了：這裡有哪些地方可能收藏特別珍異的書籍？」

「問我做啥？你看我像是這種風雅人士？」姜定海翻白眼。

「書本一般是及不上金銀可愛；但既然此地有天一閣這個大主顧，應該也有些人願意不擇手段，弄些書肆尋不到的奇珍異書賣給范府。有沒有聽過道上有誰是在做這生意？」

「第一，沒有。第二，即使有，肯定也在范府。你問這個到底想做啥？」

「我真是招誰惹誰，誰看我都想考較我。范大老爺問我找書，說假如連本書都找不到，就更別提什麼別的了。」

「那個書癡。」他笑：「若是他出的題目，鐵定很難。也罷，你敷衍看看過不過得了，過不了也只能認栽。但姑且不提這個鳥題目，范府究竟出了什麼事，你看出端倪沒有？」

我嘿了一聲：「定海兄，你明明知道行規。我要隨口亂說就是在墮你的臉面，你就不妨直接把我攆出寧波吧，啥也別幹了。」

姜定海點點頭。「正是如此。你記得那就最好。」

我們這類人外貌各種各樣，有茅山道士、江湖豪客、街頭賣藝郎……長短高低各不同，唯有一點互通：那些大戶人家，順風順水久了，總有被鬼纏身之時。當家中不祥之事頻傳，事件無法解決、無法停止，卻又丟不起臉面讓官府介入，只得自己雇有辦法的人。

有需求就有生意。有姜定海這般專門替人轉介的；有茅山老張這類性喜裝神弄鬼的；有假作行商、邊捉鬼還邊想該怎麼狠敲竹槓的；也有前任衙門名捕、因故去職後浪跡天涯尋找奇案的……而共通的行規就僅限不得透漏事件的細節；其餘要用任何手段，只要能解決就行。酬勞通常豐厚，因為還包含封口的費用，即使跟轉介人拆分後依然可觀。

「怎麼說，我們也算暫時搭上了同一條船。」姜定海說：「你要找的是沒跟天一閣合作過的藏書人或黑市書商，我不認為這城裡會有，但不妨幫你問問。還有什麼？」

「范府本家的三兄弟，就你知道的，全告訴我。」

※※※

大哥范九如繼承了父親的遺志，成為書樓的全權負責人。官除吏部主事，本該是個油水肥厚的位子，結果因個性太一板一眼，只賺到一身清廉的官聲。靠官餉要養整棟天一閣無疑是不可能的事。外界只能猜想大哥雖然表面上不要金銀，或許自有其他收入去養這棟書樓。畢竟外人雙手奉上的紅包都不要，說他會拉下臉跟弟弟要錢，怎麼想都不對。

二弟范穉光則恰恰相反。他是個外場人物，除了善於官場應酬，也有經商手腕。自幼被養精的古董珍玩鑒賞力，讓他在寧波商會裡頗有影響力。有傳言當太過耿直的大哥在官場裡得罪人，還得靠這二弟出面圓場才得無事作收。

三弟范胤侯，官除候補兵馬司，似乎是承繼了祖父在兵部那邊的人脈，但因個性內向，並無太突出的表現。

這三人裡，有一人是鬼？

辭了姜定海，與一心安步當車地回到范府。廚房送了客飯過來，我硬把她留下來吃飯。「別把我當什麼貴客，這樣反而憋扭。」

「但如果跟您同桌吃飯，可就不只是憋扭，我會捱罰的。」

「我保管妳不會。實不相瞞，范大老爺要我問妳些事，我走得腳痠，又不想抬頭問話，所以請別客氣，坐著吧。坐啊。」

一心只得拿一張椅子，卻坐得遠遠，將近門邊了，又被我好說歹說哄了半天，總算喝了口我倒給她的茶。

「來，坐近點。儘管吃。」

一心漸漸露出了見面以來沒見過的輕鬆笑容，又喝了口茶，一飲而盡，又老實地吃了塊紅燒肘子。很好。

「你先前跟過哪些人呢？」

「我原本服侍大少奶奶，後來被差去照顧三少奶奶，就待了兩年，直到她去世才又回去。」

我心一動。「聽說三少奶奶體弱，時常臥病在床？」

「是，真可惜。她本是最適合這個家的。有些人說她是為了書才嫁了進來。」

「怎麼這麼說？」

「因為她與三少爺爭執被聽到。聽說三少爺就這麼說……」

我問了好一陣子，最後說：「范大老爺有交代過妳要看著我，是吧？」

「是的。」

「妳做得很好，接著就坐在這兒，繼續做妳的事。無論誰問妳，都回答我倦了所以早早睡了，好嗎？」

「好。」

我放她坐在原處，轉身進了臥房，換上夜行裝束，今晚準備入侵寶書樓。

※※※

這世間有鬼嗎？要我說的話，是有的。

有真鬼，也有假鬼。假鬼未必比真鬼好對付。像我們這類人雖然常被當作騙子，多少還是握有些降妖伏魔的真手段，只是有些鬼即使雷火符或天罡北斗陣也無法驅除，這是最麻煩的鬼，鬼在人心。對那些假鬼假怪，如果用真功夫去打，那叫用竹籃子打水，白忙一場。對真鬼用真法術，對假鬼，當然就得用假法術。也因此，即使那些裝神弄鬼的江湖竅門，也得當成真才實藝來熟習。用多了，人看起來也鬼祟，但那並非所願，實在是這世間太複雜。

問題是纏住范府的是真鬼？還是假鬼？

我不像茅山老張那樣有著玄門正宗的道術，而是雜家，能派上用場的都採一點。給一心喝下的茶裡，摻入了我向苗族好友要來的一種奇藥，叫「神酒」。他們族裡的祭司或巫女會在儀式前喝下恰好的份量，再加以適當導引，即可進入恍兮惚兮、似有若無的狀態。以道家的說法，亦即「出神」。

「這不就是蒙汗藥嗎？」茅山老張嗤笑。

「不要把神酒跟那種下三濫的玩意相提並論。」我說：「雖然若是心懷邪念，確實可以達到類似的目的……但這玩意可比蒙汗藥可怕多了。」

蒙汗藥只是一些令人昏昏欲睡與手腳麻痺的便宜藥草，且配方良莠不齊，喝下去沒睡著或者睡著了又半途醒來這種失誤時有所聞；醒來後更會伴隨強烈的頭痛與週身不適，立刻就知道自己中招、大喊捉賊了。這種粗劣的手法，只有不考慮明天的亡命之徒才會樂於使用。神酒則恰恰相反。它並未強行抑壓感官與知能，反倒是導引它們到出神狀態。對習練已久、功力深厚的真人而言這沒什麼大不了，他們早已熟練了在無何有之鄉護持己身元神的方法。

見老張一臉不置可否，我加問了一句：「張兄，想過否？要是換成沒有功夫的尋常人，強行被外力導引至出神之境……」

老張一震，笑容漸漸斂了下來，變得嚴肅無比。

對尋常人而言，突然進入了神遊太虛之境，又不懂得護持己身，那就像幼童被帶到廣闊無邊的原野，以未經鍛鍊的孱弱肢體在柔軟的草地上奔跑遊玩、雀躍歡欣；若只是如此倒也無事……只要草原上沒有其他虎視眈眈的豺狼。如果我想，可以對著被誘騙喝下神酒的一心做任何事，然後在藥效退去時讓她相信這一切都只是做夢……這還只是最粗淺的用法。如果在藥效持續間，我再加上些許真力去導引——以聲音為咒語，將她的元神捉住，再順勢往我想要的方向扭曲；要她醒來後對我百依百順，甚至為了我犯罪殺人，都並非不可能的事——只要她本身藏有那樣的面目，就可能被我誘發。

「那就像是你強行當了他們的師父……」老張緩緩地說：「生殺予奪，存乎一心。」

學功夫的人就像上學堂的蒙童，從開學第一天就被告誡要尊師重道；但對前者而言，這可不只是道德教條，而是性命攸關之事。當被導引的不是知識，而是自己幼弱的元神，對於身為導引者的師父而言，要在這過程中不動任何手腳，可真是需要至極至盡的善意。

老張打量著我，那神情不只是戒心，簡直有著把我當成妖魔鬼怪的敵意。我暗自苦笑，他以為自己是誰？不也是人見人怕的茅山道士？他會的詛咒魘魅之術難道就少了？

「張兄無須如此戒備……修道之人不會打破世間平衡，即使看似脫囊的利錐，也必定會裝在它刺不破的袋裡。你們茅山術的修行者從拜師第一天就發下毒誓，絕不會拿道法亂來；我接過這神酒時也有類似的規矩，且論嚴苛的程度，相信不會輸給你們。」

老張思索一會，臉色這才稍緩。「也是，我就想若這些苗子不知好歹，這麼危險的東西又怎能藏到現在？」

「張兄你這就把苗人瞧低了。即使山林野嶺，也有他們的正宗。濫用技藝會造成如何的反噬，他們也一樣清楚。」

「有師門就好。」老張點點頭：「我只怕你這是騙來、偷來的。」

「我也希望這是騙來、偷來的，不然哪會活到現在還這麼一窮二白？」

我倆相視大笑。即使門派各異，道理依舊不變：技藝是太好用的東西，會讓人情不自禁地陷溺其中，想以此交換更多、更多，欲望無窮，直到把自己挖空、頹敗身死，也還罷了；怕的是過程裡還可能把一堆無辜的人扯下水。因此需要戒條。若無戒條，技藝就只是毒藥。

而且所謂戒條，可不是用紙筆寫寫就算。那根本沒人會遵守。

「你要把這神酒帶走，那也簡單。」那美麗的苗族巫女說：「只要讓一個小小的我待在你心裡就行。」

這可不是情話。她伸出的掌心裡，蜷著一隻小小的蜘蛛，小如丸藥。

蠱毒。

「牠會掐著你的心臟。平時只會睡著，根本不會有感覺……除非你想濫用神酒來害人，牠才會驚醒。牠睡得久，一旦醒來，會非常餓。」她笑著，一字一字地說：「念頭多強烈，牠咬得多大口。念頭持續多久，牠就咬多久。」

要麼就吃下蠱毒，拿走神酒；要麼就空手離開。我該怎麼選呢？我心底閃過眾多江湖上的傳言，傳言苗人好騙。閃過諸多口是心非、偷雞摸狗的江湖秘訣。我接過那小蜘蛛，心想真是只有瘋子才會乖乖吃下去。

我看著她澄澈的雙眼，緩緩把手指放進嘴裡，又喝口酒，咕嘟。她突然開心地抱住我，髮上強烈的少女幽香混雜了衣服的薰香與花朵氣息隨之湧上，我一時千頭萬緒。只聽她在我耳邊輕語：「你真的吃下去了？為了我？」

我嗯了一聲。

她又抱得更緊了些，我正想著希望這一刻持續得越久越好，以及下一刻又該怎麼辦；她卻輕聲說：「雲開，對不起。」

「啊？」

「對不起，我得試試。」

突然一陣強烈的鑽心疼痛，我慘叫一聲，狠狠把她推開。她猛地摔倒滾地，又側起身，坐在地上整了整凌亂的衣冠，貌似毫不介意，露出了天真又神秘的笑容。

「太好了，你真的吃下去了呢。」她說：「不枉我的真心，不愧我把神酒分給你。」

「剛剛那是——」我不忍說。

「——牠掐上了，我說過吧？心臟。」她說：「要是你沒吃下，就不會有感覺。是不是言而有信的正人君子，一試便知。」

「那要是我言而無信……」我說著，看她露出了「你當真想知道嗎」的笑意，我就決定不問下去了。誰說苗人好騙？這種江湖訣聽聽就算，當真信了，有幾條命都不夠死。

我在范府的客房迅速換好夜行服裝，再把門開一縫，一心仍傻愣地坐在桌前，臉上帶著浮夢般的笑意。為所欲為，我想，生殺予奪。又彷彿感到那藥丸大小的蜘蛛在我胸裡咬嚙，急忙收束心神，將奇思妄想屏除乾淨。

「我怎麼知道這玩意會不會突然醒來？我啥也沒做，就這麼白白被它吃光了心臟？」

「你看了我這麼久，還不相信我的技術麼？」那苗女笑了笑：「若偶爾想到了會擔憂，就時不時回來看我一下，這樣不也很好？」

好你個殺千刀的，我正待說些氣人的話激她，卻見她轉過頭低語：「反正本來也沒期待你們這些漢人會長久留下，會把這當自己家……任性地來，拿了就走。不就都這樣？」

「……妳這麼說，太狡猾了吧。妳曾救過我性命，這我是不會忘的。」

「是，我知道你有良心，但我早已不信良心。」她幽幽地說：「你一定會恨我，我知道，覺得我不信你、算計你。甚至有一天你或許會拿劍架住我喉嚨，逼我解了你的蠱，因為你有好多好多的理由……但在那之前，我想說幾句你不會相信的話，要聽不聽也由得你。」

「我對你下蠱，並不只是為了族規，或者我想見你的私心。」她說：「我對你下蠱，是希望你能活下去。」

我沉默，與她對視。

「打從你知道有神酒這東西開始，你就被魅住了。」她說：「而當你百般鑽探到神酒的釀法，就已經注定了它總有一天會成為你的死因……因濫用而被仇殺、被拷打逼問配方之後滅口、或者因大意而失手，進而深陷死地……世事總是如此。當人會了一個東西，要不濫用是不可能的。我無法讓你明白我們的族規，那就只能讓它咬在你心裡，讓你學著與它共存，這樣才能活得久一點。」

「因為如此，我不會給你解藥，即使你殺了我也不會有解藥的。我說只要你不起惡心，這蠱就不會亂發作；你信我，就儘管雲遊；你不信，就回來找我。我就是這樣愛你。」

「那……」我頹然嘆氣，把葫蘆往旁一拋：「那我到底是為了什麼如此辛苦……」

「你可以拿它保命；或在不傷人的前提下，掃除一些障礙。」她把葫蘆撿起來，又笑著遞回我手裡：「雖然不是為所欲為，可也別小看了。」

確實。我能放心地跟茅山老張聊有關神酒的事，就是看準了能用這酒順勢封住他的口：先確保他喝下了，再來談心。即使像他這樣的修真者，一旦放下戒心也會中招。畢竟我刻進他心中的念頭很簡單又不涉利害：就只是要他忘了有神酒這玩意，只依稀留個印象：我似乎藏有厲害的底牌、別隨便招惹，這樣就行。如果他記得，出去四處亂說甚且對我眼紅，都會危及我的性命。為了保命，這算合理的使用。

而一心，只要我別對她動手動腳，單只是要她說些知道的事，或者回報些不涉性命的假消息，這類運用也都屬於安全範圍。我依武當心法行功，將真氣融入話音，此亦即「真言」的形式，對她說：「一心，我今晚都在客房裡，沒出去。」

「您今晚都在客房裡……」她重複。

「因為累了一天，決定早早歇息，妳一直都在這裡，不會看漏的。」

「我不會看漏的。」

好了，接著就只需等她藥效退了、自然睡去。我拉上夜行服的臉罩，只露出眼睛。即使被人發現了，只要別被抓住、別露臉，我就是「一直都在這裡」。

我化為一溜黑影，往寶書樓前進。

范府的格局是採用河圖洛書的九宮八卦陣。天一生水，地六從之，先天的設計就排除了火氣侵襲；即使放把火燒了范府，全部房子都燒乾淨了，也未必燒得到它。即使真有萬一，寶書樓前就有個天一池作為近水，稍遠處還有個更大的明池作為供應。傑出的風水設計。

可紙本書首先怕火，第二卻是怕水。潮濕霉爛，或陰溼生蠹，這先天無法成全的兩難，就只能靠後天的人力與金錢來彌補。

我雖然對它傳說中領先天下的防潮機關有些好奇，但更首要釐清的是纏著范府的是真鬼亦或假鬼？要辨明其實很簡單，真鬼會穿牆，假鬼就當然得留一條人能走的通道。而即使像寶書樓這麼大一間建物，要想設置一條密道，卻不至被人來人往的家人與僕役發現，那可能的地點其實相當有限。

妥善規劃住宅的學問叫風水。察覺住宅漏洞的學問，自然就叫逆風水。若有什麼當賊的寶典，這門學問當會列在第一章的第一卷：當你是個打洞的老鼠，這洞該怎麼打，才不會被貓捉住？

此刻的我就像個夜賊，連思考也完全化入了夜賊心裏，被發現了大概也只能像個夜賊般逃命，簡直百口莫辯。我避開巡夜家丁的燈火，開始繞著寶書樓打轉。從角位查起，摸遍它每一道牆面、每一塊可能鬆動的木板。一無所獲。接著便麻煩了。若夜賊有一定程度的輕身功夫，就連高處的角位也需徹查。我好歹在武當學藝十數年，上竄下跳對我不是什麼問題。可竄高也增加了被發現的危險，我深吸口氣，讓真氣在體內兜了幾轉，將耳目的敏銳度調至極高，數十步乃至百步內的聲息均逃不過我的耳朵，正準備竄上樑柱，遠處人聲的雜音裡卻有幾句吸引了我的注意。

「……還管它做啥？反正那樓又不是你的……」女人的聲音。

男人嘆了口氣。「在房裏就隨妳，出去了妳可別這樣，會弄得很不好看。」

「是誰不好看？你幫他解決問題，他反倒落得一身乾淨，回過頭來教訓你不讀書，你還低頭聽訓。他憑什麼？」

「好歹也是大哥啊……」

「大哥這麼當的？」女人停一下，哼了聲：「要我說，乾脆那樓裡的書被偷光算了。」

我循聲愈走愈近，聲音也愈發清晰。男人咚地一聲像從床上掙起，急切地低語：「妳說什麼？」

「哎，別那個樣嘛，夫君。」女人嗤笑了幾聲：「你這樣會讓我懷疑，僕從的耳語可能是真的。」

男人沉默了一會，才凝重地問：「什麼耳語？」

「《海燕》已經飛出閣了。」

即使我看不見他們的表情，也感覺得出男人此刻宛如五雷轟頂，立刻變得急促的呼吸。

「大家都在傳？」

「我就不明白，你當時為什麼要幫大哥圓場。」女人慵懶地說：「『代不分書，書不出閣』，這可是無法違背的祖訓。你難道沒想過，恰好在抄書日爆發了這等大事，大哥難辭其咎，這不就『剛好』了麼？」

「妳……」

正聽得精彩，突然耳際風生，竟是一粒飛石擊來。我堪堪閃過，飛石擊上了門板，屋裡立刻噤聲，隨即男人大喊：「誰！」

我暗罵一聲，立即拔腿就跑，同時女人開始尖叫：「有賊！」

這時機實在致命，要是就這麼被捉住，我豈不成了偷書賊現成的替死鬼？眼前燈火一盞一盞點起，家丁開始洶湧成人牆湧來，梆子一聲一聲敲響。遠處喝令著：「待在屋裡！」、「別出來搗亂！」，這規模堪比夜闖軍營。我甚至來不及思索那粒飛石是從何而來，必須先逃離死地再說。

逆風水的原則：老鼠要想不被貓捉住，首先得透過貓的眼睛去看，然後絕不要往那些牠一定會查看的地方鑽。樹叢假山、門後窗後、桌下床下、樑柱屋頂全是死地。我心裏陡地閃過寶書樓，隨即打消了念頭。等老爺們起來，而賊還沒捉到，隨後肯定會去查看寶書樓，那就是個甕中捉鱉的情勢。我循著日間繞過一次范府的印象一路狂奔，我的客房一開始就已被封鎖在線外，要說還有剩什麼空房……我想起四年前去世的三少奶奶。想起三少爺至今仍想抄寫《海燕叢集》燒給她的深情。

如果運氣好的話……如果，三少爺仍完整地保留了她的房間……「祭如在」。

三少爺的居處看來門庭冷落，彷彿這些吵鬧完全影響不了他。我循著一般的風水格局摸進去，眼前是一處塵封已久的房間。

中！

我可不想在塵上留著任何腳印，接著就是竄上樑柱、窩在一角，等風頭過去再說。

背後突然傳來人聲：「你不用那麼麻煩。」

我這下真被驚得跳上了樑柱。轉頭，看到個身型瘦弱的男子秉著燭台，長髮披肩。

「真有意思，我這兒本是最沒東西好偷，想不到依然有樑上君子來訪，甚感榮幸。」

「三少爺。」我極力讓聲音聽來平穩可信。但少了神酒，「真言」不知還剩多少力量：「必須向您稟告，我並不是夜賊。我是……」

「不是夜賊，可你怎麼穿得就一身夜賊的模樣？」

好問題，這可真是說來話長。我正想該怎麼開口，他已搖了搖頭：「算啦，不逗你了，相信你應該是被我大哥請來的吧？」

面對我的驚訝，他卻依然沉穩：「雖然他們不會找我商量，但我多少會聽見……特別是他們爭執的時候，口風就藏不住了。二哥不想要你來，他覺得只會把事情鬧大、又未必解決得了。而大哥的對策則是命令你只能暗訪、不得明察。這要人怎麼做事哪？大哥也真是，都這把年紀，依然稍嫌天真了點……」

我默默地看他論斷自己的兄弟，又轉頭問我：「我猜得對吧？」

「您猜得一點不錯。但在此之前，您就不怕我真是盜賊？」

「我當然不怕。」三少爺笑了笑：「因為我早已知道是誰在偷書了。」

「您說的，該不會是……」

「正是我的亡妻。」他說：「只有她，即使化為鬼，還是會執著地找書看。我曾希望她來找我，但她似乎連來一下都不願意。」

「尊夫人這樣似乎有些……看您對她這麼好……」

「不，我對她一點也不好。」三少爺笑了笑：「我等她來，是來找我索命的。」

我滿腹謎團，正等他說出更多，他卻轉頭看向屋外。

「外頭人聲消失了，看來他們正搜到另一頭，而你……就趁機回你該回的地方吧？」

我同意他的說法。先前不急著走原是想靠他提供暫時的庇護，順便探得更多口風；但太貪心可能會造成其他麻煩，趁現在回去也不失為上策。

我沿他們偵搜過的路線飛簷走壁回去。才進客房，除衫躺下，外頭查房的家丁就進來問一心有沒有看見可疑人士？客人有沒有受到驚擾？我聽一心答說沒有，客人都在客房裡沒出去，估計是在外頭累了一天所以睡得很熟。只覺恍若隔世。

我閉上雙眼，謎團就與夢境一同湧上。

※※※

翌日我仍如常與一心出門，假作認真找書；心底反覆打量的卻是昨晚用神酒從一心口中套出的話。關於化鬼的三少奶奶。

據一心說，她嗜書成性。

女史、女箴之類的書根本不能滿足她。她嗜讀的也不限章回小說或詩詞曲賦，就連生硬的經史甚至方志也無所不看，像只要拿到紙本就可以把它讀完。她愛書愛到連名字也改了。那個「芸」字即是藏書閣裡經常用來防蠹的香草植物。三少爺都喚她芸兒。

一個愛書的人來到天一閣，怎麼說都是得其所哉？

三少爺原本也是喜歡她這性格，不知何時開始，這卻漸漸成了他們爭吵的主因。那時一心還未轉來服侍她，只能從流言蜚語裡猜想，似乎是她妄圖登閣，卻想不到天一閣的祖訓裡有著如下規定：

「代不分書、書不出閣。」

「外姓不得入閣。」

「女子不得入閣。」

既是外姓又是女子，芸兒的悲慘命運就此注定。在她的少女時期隨意愛怎麼看書便怎麼看，也因為愛看書而嫁入范家；豈知在天下藏書第一甲的范府，竟會落得沒書可看的下場。

「那時可真鬧騰了好一陣。每過數月，就聽得好像又出了什麼事，她又做了什麼異舉，但都是傳聞，我倒是沒親眼見過。」

所謂異舉，最誇張的甚至包括要為此悔婚。但這就連她的娘家人也不接受。再怎麼說，人家娶你又不是為了讓你看書。就不能當好你的少奶奶，專心持好家務麼？聽說她父母甚至為此專程來訪，諄諄告誡她身為一個女人家的本份，她會乖一陣子，然後又鬧出下個傳聞。儘管詳情都像沉入了海底，卻總是有些流言浮起如泡沫，耳語著，聽說她又做了什麼。就連寶書樓的木板破損了要更換，都會有人嘻笑說，會否是三少奶奶偷偷砸壞的？

而當大夥漸漸對傳聞生膩，芸兒也愈來愈安靜了。

她病了，再也鬧不起來。

當一心見到她時，只覺眼前這人宛如空殼，總是怔怔地看著前方。湯藥無效，飯也吃得很少。一心靈機一動，開始百般撩她說話，這倒是奏效。她會開始講起自己看過的某一本書，某一段情節，某個她這輩子其實都沒去過的地方。每當這時，她神情才會突然靈動起來。

一心想說，她的靈魂或許根本就活在書裡。有天她就這麼說了，芸兒只點點頭，講起了塔克拉瑪干的故事。聽說在遙遠的內陸，有一片沙之海。那是近海而居的寧波人無法想像的光景，塔克拉瑪干，意即進去就出不來。廣大無垠的乾涸，偶有地下水脈才得以形成綠洲，就像這沙之海的孤島，商旅就像在陸上行舟，行錯一步，便可能是生死交關。

而那些不小心行錯路的商旅，有時便會看到奇異的幻影：前方不遠處似有湖面，令他們奮起求生的本能，跑過去才發現只是海市蜃樓。一心問：沙之海上也會有海市蜃樓？芸兒說無論海上或沙上，大概都是同一個殘酷的神明在看著。若不殘酷，又怎會給迷航的船隻看見陸地，給迷途的商旅看見水源，讓他們苦苦追索，到頭來發現一場空，而活命的幻象卻又在遠方持續招手？

她說，如果一開始別讓人看到水，或許就能安靜地接受命運，在沙地上緩緩走到死去。但偏偏水看似就在前方不遠處，可望而不可及的乾渴，是比從一開始就沒有更慘的懲罰。

又過數年，她就嚥氣了。死前形容彷彿枯黃的草葉。

※※※

當晚，我又故技重施，要一心幫我看門，準備再探寶書樓。

一來當然是昨夜的調查仍未完成。再者，我懷疑昨晚用飛石砸我、讓我身陷絕境的小兔崽子就藏在這寶書樓裡。當時我追隨話音往前探詢，敏銳到極致的耳目並沒有察覺周圍有何動靜；換言之，對方是一路屏息、跟蹤我到這裡，從我打探寶書樓時，他已躲在暗處窺視。

而且幾乎可以確定了，這鬼是假的。真的鬼要作祟，才不需要丟石頭。換言之……

寶書樓就肯定有能入侵的密道。

昨夜的騷動，因為搜遍了范府也不見任何可疑蹤跡，也沒有留下任何證據（石頭我順手帶走了，丟到庭院裡），最後只定義為一場虛驚。雖然如此，更警醒的家丁依然讓我的夜巡加倍困難。頗費了些功夫，好不容易才繞到了寶書樓。

我這回直接翻上屋頂。沿著屋脊，一片一片用指尖輕敲，加上些許真氣，感受那些許的觸感差異。終於命中了。其中一片屋脊可被拆卸，我將它悄聲前推，露出的空隙剛好容一人鑽進，又把那片屋脊推回，只餘些許空隙方便辨識。

這裡，就是三少奶奶想了一輩子也進不來的寶書樓。

我強掩激動的心情，再次運轉真氣，將其遍佈腳底，輕輕踏去，原理與方才試探屋脊一致，若此地有什麼防盜的機關陷阱，這就有助於事先察明。

意外的是竟然沒有。我把二樓幾乎踏了個遍，直到確保了整個樓層都可自由行動。相較於外側如銅牆鐵壁的防盜措施，內部竟沒有相應的陷阱，連一塊踩了會響的木板都沒有。我不禁在心裡納罕，莫非這些人生怕自己一讀忘情、讀著讀著掉進陷阱，才這麼疏於防禦？也或許是他們更擔心若盜賊闖進來，卻被捕進陷阱，氣急之下放火燒樓，反倒得不償失吧。

書樓裡有濃濃的芸草香氣，濃到惹人頭暈。除了氣味，我發覺這裏的空氣還有些古怪，一時卻說不上來是怪在哪裡；過一會才察覺是由於乾燥，令我的鼻子也發癢了。或許是由於書櫃底層那一箱箱的石灰吸走了水氣，再加上窗戶密閉，才得以維持這樣的空間。如此可防書本霉爛，卻不利於人們生存。我將那密封性極好的窗戶推開一縫，順便讓一些微光透入，看著那大櫃大櫃的書架上放了各種珍本異書。我湊近身子，想看清楚其中一本書，此時書櫃突然發出了人的聲音。

「偷書賊。」

我瞬間伏低身子，往左滾去。剛剛自然不是書櫃講話，而是「傳音入密」，以真氣扭曲聲音、讓敵人分不清聲音來源，只會覺得對方是從很近的地方說話，於是才有書櫃對我講話的錯覺。而既然刻意要讓人摸不清音源，很明顯就是要攻擊了。

果如預期，前一刻我在的位置傳來了揮空的風聲，從上而來。我拔劍反刺，對方以極為詭秘的身法從我劍尖飄過，當真如鬼似魅。但已知對方是人，我反倒更加振奮。正派高手多對夜戰望之卻步，這惡劣的戰場令他們使不開身手；但對雜家如我而言，這就是讓我得以用詭計打敗這些高手的優勢之處。

我投出一粒小小的丸藥，同時以袖遮眼，一記強烈的光線隨即閃過整棟書樓，幸而有它嚴絲合縫的門窗擋著，外頭的家丁不會知情，預估對手倒是慘了。我上前刷刷刷就是三劍，一擊一刺一攪，此乃武當絕學「一炁化三清」，即使再強的高手被閃了這一下，在目盲之餘頂多格擋住前兩劍，卻擋不住神出鬼沒的第三劍；但對手只是一退、再退，怪異的是眼看著退勢已盡、明明要刺中了，他卻硬生生又往後飄了半步，恰恰以劍鞘抵住我餘勢已衰的劍，再往後飄，隨即轉身逃跑。

我又怎能讓他逃掉？只要能捉住他嚴刑拷打，今晚就把這案子給結了。只見對方繼續那鬼魅的身法，像渾身都沒重量，險險避過我的劍勢，熟門熟路地推開那片屋脊，就飄飛出去。他與我一逃一追，轉眼離開了范府。兩人都一言不發，只顧著飛簷走壁，遠方守夜人的梆聲敲響著，襯得夜裡的寧波城寂靜無比，直到一處廣場，我才截住他。他跟我一式一樣的夜行服裝，只露眼睛。但此刻雙眼相對，我也看出了端倪。

「你……其實不是鬼。」我問。「依你的身法，若是常人見了只怕真要覺得遇到鬼魅；可惜大爺我就見過真正的鬼。鬼才不會傳音入密，不會拿劍刺人。」

他在面罩裡似乎笑了下。聲音非常怪異，依然是用真氣扭曲過的聲音：「你會的也夠雜的，那閃光暗器是倭寇的秘密忍法：掌中雷；一炁化三清是武當劍法；你還有什麼？」

「果然。你沒有被閃中。」我嘆口氣，追他到一半就覺得不對勁了。「……這也說明了，你不是我想逮的賊人。」

「喔？」

「你方才與其說逃跑，不如說是引我離開書樓更貼切。你極力避免在那打鬥，甚至好似中我一兩劍都在所不惜。這樣的人，怎麼可能偷書去賣？」

「嗯，像你這樣，蠢到竟然在書樓使用掌中雷，要我怎能不趕快把你引開？」他說。「你知不知道那裡有多乾燥？要是掌中雷沒有如你預期地在瞬間燒盡，可能會造成怎樣的後果？我是很樂意把你給殺了，但在那裡，血會濺到書，很麻煩。」

「……但我同意你大概不會是偷書賊，因為實在太沒常識了。」他氣虎虎地一串講完，我默然無語。轉手把劍回鞘。

「你到底是誰？」我問。「是誰雇你守護書樓？大老爺？二老爺？」

「都不是。包含你猜我是人非鬼，這說法也不算對。我是人，也是鬼。我是守護書樓的人，也是賊。若你能釐清這一切，或許我們可以有些合作的空間；畢竟我需要人，但不需要蠢人。」

他說著，飄然離去。

※※※

我回到了住處，一心仍半夢半醒，她眼角滑落幾滴淚水，神情就像墮入深深的惡夢裡。大概是昨晚詢問她三少奶奶的往事而殘留的記憶：悲傷、無奈、又醒不過來的夢境。

我對此感到抱歉，但惡夢還得持續久一點，只因在她述說的陰影裡尚有些未盡的餘意。用神酒能打開對方的心門，但卻無法讓她主動交出我要的東西；若想知道什麼，就得用真言問出正確的問題。

「一心，三少奶奶死時，妳仍在她身邊吧？」

「是……」

「那當時，有沒有發生什麼異狀？」

一心的身軀突然劇烈地抖震一下，挖到痛處了，一個弄不好，連神酒的藥效都可能會被強行解開，我急忙用和緩的聲音安撫她，同時再命令她多喝一兩口摻了神酒的茶。等她漸漸又回到出神的階段，才用更和緩的聲音說：「別擔心，妳就儘管說說妳看到的，多荒謬，我都會相信。」

「但大老爺說，禁止所有的人對外透露……」

「但我不是外人啊，一心，我當時也在那裡。」我持續用真言說假話：「我只是想確認一下自己沒看錯，妳當時看到了什麼？」

一心又開始輕微地顫抖起來，我繼續問：「一心，別怕，那不是什麼大不了的東西，妳看到了什麼？」

「蝴、」她勉強說：「蝴蝶……」

「蝴蝶？為什麼會有蝴蝶？」

「三少奶奶變的……」

我停了一下，試著消化這奇妙的話語。

「她是如何變的？就在你們眼前？」
「是……」
「妳就這麼看著她的身體長出翅膀，然後飛起來？」
「不，身體不見了。」
「身體不見了？」
「才剛見她嚥氣，突然室內起了一陣風，等我又能睜開眼，就只見到三少奶奶的枕頭上停著一隻蝴蝶。」
「就尋常大小的蝴蝶？」
「是。然後，就慢慢飛出了室外，一路，飛向了寶書樓……」
有意思，肉身不見，靈魂化蝶，合著三少奶奶這是功行圓滿，屍解成仙了？
我邊想，邊用真言說著假話，繼續安撫一心，直到她不再顫抖，直到她露出笑容。

※※※

隔天我放一心去休息，這兩天也折騰得她夠了。原本只約了姜定海，卻有個意外欣喜。
「張兄？」
茅山老張坐在姜定海身旁，一見我就笑：「哎，聽說這事兒比想像中麻煩，當初是我要你來頂這個案子，倒覺得有些不好意思了。」

「哪裡，事在人為嘛。張兄另一邊的事情處理得順利嗎？」

「這個自然。」老張說：「不過是假鬼假怪，兩天就送它回老家。你這邊有沒有什麼需要幫忙？」

「找書的話，恕我沒辦法。」姜定海補了一句，我們大笑。

「倒是不用了，只跟你們探聽個消息便行。」

姜定海那邊，大致跟料想的一樣，寧波的書市大致都在天一閣的管控底下，即使是有利可圖，道上人物也不太想沾染這塊。第一難懂，第二讀書人本來就跟道上人物合不來。

「這下可不妙，你達不成大老爺的要求，找不到天一閣沒有的書，之後該怎麼辦？」

我狀似輕鬆地回應：「沒關係，我看得出他也明白這是無理的要求，只要能用其他方式讓他信服我的能力，事情自然還是有辦法做。」

姜定海呵地一聲，拍了拍老張：「這年輕人不簡單哪。」

「當然，要不怎會讓他來？他底子夠硬，又能言善道，黑白通吃啊。」老張刻意看了我一眼，好似已猜到我那「大老爺的要求」只是隨口敷衍。

「那麼張兄，我能問問你一些茅山道術的問題麼？」

「儘管問吧。我能答就答。」

「有沒有什麼方法，可以讓原本孱弱的人，比如婦人孺子，突然變成武功高手？」

老張沒有立即答覆，卻只是喝了口茶，像在思索什麼，但我感覺他幾乎是我一問就想到了答案，只是在權衡該不該跟我說、說到什麼程度。

「這對於解決你的事件，很重要麼？」

我點點頭，雙目灼灼地看著他。

「這不是茅山道術的範疇，雖然道理上確有互通之處……但若是你遇上了，這事兒恐怕就沒那麼容易善了。」老張緩緩地說：「雲開啊，你有聽過『鬼兵』嗎？」

「依稀有聽人說過，但詳情不明。」

「顧名思義，就是鬧鬼的兵器。」老張說：「當感應強或心志弱的人碰上這種兵器，就可能會被鬼附身。被附身的人會在短期間得到鬼魂的鍛鍊，短短幾天，就可能變得連他親戚都認不出來。」

「鬼魂的鍛鍊竟有如此神效？」姜定海笑：「那我們還練什麼武啊，都去找這個『鬼兵』揮一揮就成啦。」

「是啊，代價就是你的肉身也會變成他的，你這人就算死了，這你也要嗎？」

「這……」姜定海愣了一下：「這簡直是，厲鬼嘛？」

老張點點頭。我問：「但這厲鬼哪裏不好附，怎麼就偏偏附在兵器上呢？」

「雲開你也有待過武當，基本的道術、畫符之類的，多少還是知道一些吧？」

我謹慎地說：「那不算武當最重視的學問，所以……」

「也罷，那你至少也知道畫符要用什麼來畫？」

「朱砂？」

「若只是保平安的，是朱砂就行。」老張說：「但若要畫出法力強大的符咒，朱砂就不夠了。沒其他選擇，必須是自己的鮮血。以血作為憑依，將精、氣、神凝聚在一道符文上，才能以其通天徹地，呼喚鬼神。」

「那你想想，要論鮮血，什麼東西上積累得最多？」

我與姜定海互看一眼，答案已十分明顯。「兵器……」

「當然，不是什麼兵器都行。」老張說：「若只是土豪地痞的鬥毆、或殺豬宰雞之徒，這些刀劍上當然不會有什麼鬼魂，頂多就是有些殺念殘餘。要形成鬼兵有兩個要件：一是有大量人命在劍下了帳，二是持有者必然是內外兼修的絕世劍豪。當他們長期將不輸給修行者的真氣灌注在兵器上，那些鮮血才可能轉而成為符咒，憑依的自然也是持有者的魂魄。」

「那麼問題來了……你覺得這樣的鬼魂一旦在人身上甦醒，會乖乖地啥事也不幹嗎？」老張說：「這種厲鬼可是最棘手的一種。有些茅山道士貪圖鬼魂的力量，刻意讓他們附身，結果失卻了常性，成為肆意亂殺的肉身邪鬼……」

「莫非在范府盤據的，竟是如此可怖的東西？」姜定海眉頭深鎖。

「雲開，若是如此，你一定要讓我去一趟。這不是你一個人可以解決得了的事情……」

「等等，我說等等啊，張兄。」我急忙揮手：「剛剛你說的那些我都聽明白了，確實很有意思，但也讓我瞭解了，我在范府面對的不可能是這樣的玩意。」

他兩人目光灼灼地瞪著我。

「你確定？」老張一字一字地問。

「這可不是逞強的時候，小兄弟。」

「我是說真的。你想想，范府至今有誰死於兵器嗎？寧波城裡又可曾出現過惡鬼肆意屠殺？照張兄所言類推，不覺得這事件實在太平靜了嗎？也是因此，你們才會覺得這事兒不會很嚴重、交給我也無妨吧？」

兩人面面相覷。半晌，老張才承認我說得有道理。

「那你幹嘛要問這問題？」姜定海皺眉。

「我只是想證實一個不太可能的猜想，誰知道就扯出了這麼長一串，也是開了眼界。」我笑了笑：「但這也好，把不可能的去掉，事情就變得更簡單了。再兩天即可解決。」

看他們一臉不相信，又不想掃我興的樣子。也罷。我心裡明白就好。所有的碎片都兜在一起了。

※※※

當晚，我繼續讓一心看家，先前害她做了那麼多惡夢，今晚只得讓她開心點作為補償。我讓她神遊於太虛幻境，回客房裡換上裝束，準備三訪寶書樓。

循原路拐了進去。濃香四溢的書樓，乾燥不適的空氣，我把窗開一縫，就微光坐在二樓的地上，半晌，開口說：「我準備好答案了。這回一定讓你滿意。」

像從影子裡悄無聲息地冒出，是昨晚交手過的蒙面守衛。

「還沒來得及跟你抱怨，你第一晚丟的石頭可差點害死我了。卻也是因此，我才能見到三少爺。」我說：「我本來以為他瘋瘋癲癲，想不到他卻比任何人都清楚，也是最早猜對你真實身份的人呢。」

「幸會，三少奶奶。」

※※※

他沒有說對，也沒說錯，只是靜靜看著我，我繼續說：「妳手上的那把長劍，是傳說中的『鬼兵』。妳的絕世武功就是由此而來。妳不可能一開始就得到這把劍，要不然就不會有那些軟弱的抵抗，我猜想是一直到快要病死前，妳才遇上了這改變命運的契機。」

「而我猜想，那契機可能來自於你的夫君，三少爺。」

三少爺官除候補兵馬司，繼承了祖父身為兵部右侍郎的人脈，會被贈送寶劍之類的禮物也在情理之中。

「反正也是一死，妳就讓鬼魂附上妳身，迅速取得了接近於鬼魂生前的修為。只要修習內功有成，要裝死根本不困難。蝴蝶這一手可真漂亮，也顯示妳的知識有多淵博，只要預先將蝴蝶喜歡的汁液塗抹在幾個固定的點，牠就會循著你安排的蝶道前進。剩下的，就是一陣妖風，迷了眾人的眼睛——」我呼咻一聲。

「——就這樣，你自由了。」我傾身向前：「若答得中式，就請脫去面罩，讓我瞧瞧妳的樣子如何？」

「這種事，我可沒答應。」她冷冷地說，但聲音就回到了一般的女聲。

「咦，這可就不太講理了。就算看在我辛苦奔波、四處打探的辛勞——」

「——若你真有辛苦奔波、四處打探，你應該更清楚『鬼兵』這東西是什麼。」她說：「我也略為查過你。是姜定海介紹你來，而有可能知道鬼兵又認識姜定海的，只有那個茅山道士。所以你只是去問到了正確的人，說辛苦嘛？也就借力使力吧。」

我苦笑一下。真難對付。

「還有個問題。我也清楚茅山道士對於鬼兵是怎麼看的。說實話，我原本以為今晚來的會是你跟他。」

「確實有可能會這樣。」

「但你卻決定自己一個人來。這讓我頗為好奇。茅山道士一旦知道這裡有鬼兵，是不可能善罷甘休的。換言之……你騙了他。為什麼？」

「因為我仍在尋求妥善解決這件事的方法。」我兩手一攤：「如果帶老張來，除了開戰就別無選擇了。但對我而言這並不叫解決。只要還有餘地，我就想賭賭看，妳是不是如我猜想的那樣。」

「你為什麼寧可賭在我身上，也不願意相信你認識更久的老張？」

「因為比起老張的『聽說』，我更相信我的眼前所見。」我說：「姑且不論鬼兵是否會完全侵奪人的元神，至少我眼前看到的這把，並沒有把妳吞掉。昨晚交手時，妳想要保護書的意志至為明顯，我想應該很難找到另一個同樣是書癡又打遍天下的劍豪。換言之，這把劍確實是在妳的掌控之下，那就跟老張口中的『鬼兵』差距太遠……但我又不可能說服老張，只得騙他了。」

她怔了半晌，嘆口氣：「你真是不可思議……」

「所以說，就讓我看看妳的臉嘛。」

「你……真是……」她的眼神好像從來沒看過我這種無賴，但仔細想想也不能怪她。她轉過頭，剝下了夜行面罩，此刻剛好天霽雲開，一束細細的月光照入寶書樓，也略略照亮了她的臉。那是張清麗而白皙的臉龐，消瘦的雙頰予人一種脆弱的印象；但雙眼卻刻畫了凜然的意志，令人不敢輕侮。直到月光又被雲朵遮住，她才冷冷地說：「看夠了嗎？」

我應了一聲。順勢也把自己的面罩拉下。這下總算見到面了。

「那麼……我有個提議。」

※※※

隔天，我向九如公辭行，說事情解決了。

「這麼突然？」他瞪大眼睛：「距離約定時間還剩三天，你卻已經解決了？那書呢？」

「現在白日晃晃，為了避免引起騷動，我建議還是在深夜裡再把書拿回來，這是最後一步。」

「最後一步……」

「驅鬼儀式。」我說：「我已經知道了鬼為何而來、從哪裡來、又該往哪去。那麼剩下的就是驅除了。」

「能驅除，那你就趕緊的，又何必等到深夜？」

「不到深夜，鬼不會出來。鬼不出來就驅不掉。驅不掉就拿不到書。道理是這樣的。」

「好吧。」九如公放棄了，擺出一副「隨你說什麼都對」的表情。

「而且要到這一步，失禮了，卻需要你們三位老爺的齊心協助。」

想當然又是一陣嘀咕，但我的理由無人能阻：「鬼在寶書樓，要驅鬼自然也得打開寶書樓的門。若無論如何也不想深夜過去，那也行，把鑰匙給我，我就一個人進去，可以嗎？」

當然是不行。別說我這個外姓了，就連分家的范姓子弟平日都不能入閣。

「那，抱歉了，就是得請你們三位老爺委屈點跟我跑一趟。跑一趟就能讓一十八部珍貴的書籍失而復得，還能永絕後患，這難道不划算嗎？」

走到這一步，其實九如公早已被我將軍了，但他仍磨了好一會才不甘不願地去跟二弟、三弟協商。三弟還好講話，二弟的考量可多了，於是又來回磨了很久，什麼時辰、在哪集合、巡守的家丁該怎麼安排、對外的口風該如何定調……偌大的范府，光是作這幾件事，一天就過去了。

子夜，家丁們遠遠地在圍牆外看著，只防飛賊進入；無關的家人紛紛回房休息；等三位老爺姍姍來遲地走到天一池前，只見我已請一心擺了桌簡單的宵夜。

「辛苦了，接著還得等些時辰，吃點夜宵喝點小酒，暖暖身體吧。」

大哥跟二弟各坐一邊，三弟施施然坐得最遠。我負責勸酒、逗他們說話，夜很寒，即使再乖僻的人，也想靠近溫暖的火光與笑語。

酒過三巡，二弟忍不住問了：「還要多久？若真有鬼，差不多也該出來了吧？」

「是啊。」我仔細看著他的眼睛，漸趨渙散的焦點：「是差不多了。咦！」

我作勢聆聽，他們只得隨我的動作看向同個方向。

「聽到了嗎？」我問。

「沒有啊，什麼？」

「鬼說，我們依約前來，很好。他也會依約好好地把書還來，書就放在……」我皺眉傾聽：「……放在防潮用的石灰箱裡，這你們知道是什麼意思麼？」

「石灰箱裡……胡、胡鬧！」大哥氣得立刻就要衝進去：「那些書本怎禁得起埋在石灰裡折騰……」

「等等啊大哥，別輕舉妄動。」二哥趕忙架著他。「還不知道裡面有什麼鬼東西……」

「別擔心，我猜那鬼大概是無害的。」三弟說。「對吧？雲開。」

「是。」我笑。

「你又怎麼知道？」大哥瞪著他。

「醒醒吧，你妻子的鬼魂是不會在這寶書樓裡的。」二哥說。

「是啊，我的妻子早就去世了。」三弟說：「在那裡的……應該是守護寶書樓的神明。這裡並沒有書被偷走，有的只是類似孩童的惡作劇，問題是這惡作劇究竟是為了什麼呢？」

他邊說，邊往前走。走到門前又轉頭看了大哥二哥一眼，揮了揮鑰匙。

「來啊，沒有你們，我無法進去。」

兩位哥哥互看一眼，終於像是不願認輸似的起身，追上小弟的腳步。

※※※

「那麼……我有個提議。」昨晚，我這麼跟她說。

「你的提議，想必就像剛才說的，所謂『妥善解決這件事的方法』。」芸兒說：「但那到底是指什麼呢？」

「那就回到了……你最初為何要做這件事的理由。」我說：「你是人，也是鬼，這謎底我已經解開了。你是守護書樓的人，也是賊，既然要守護書樓，為何又要刻意把書偷走？」

「你猜得到嗎？」她笑了笑。

「要我說，想必就是跟藏在他們兄弟之間的心病有關吧。目前這樣，即使以我一個外人看來，也覺得是撐不久的。」

「誠然。」芸兒說：「維護書樓需要龐大的花費。光是四處採集珍本善本就所費不貲；而那些防潮、防蠹的設置也需不停更換、修繕；問題是大哥對這些都不了解。他只知道誠意正心就會有好的結果。而目前，就表面上看來，也似乎如此……」

「……只是不夠的錢從哪裡來呢？當然就是二弟默默地墊了。」我接下話頭：「可苦工都自己做；掛著書樓的負責人、擁有風光名聲的卻是大哥。這只是隱藏的不滿，慢慢積累，而真正讓他們爆炸的是……」

「大哥不僅沒有察覺二弟的苦心，甚至還嫌他太市儈，學問做得不好、看不出哪些書是值得收藏……」芸兒說：「這麼一來，二弟完全停擺了。他決定讓大哥看看自己的厲害。」

「所以，我現在看到的這個寶書樓，已是停止維護好一陣子的樣子了？」我問。

「是的。我會把書包上油紙藏在石灰櫃裡，本身也是個諷刺。要是他們照著日常的流程將石灰櫃清空更換，早就發現書了，哪來這麼多後續的恐慌？」

我嘆口氣。「那麼，要怎麼樣驅除這個『鬼』呢？」

「要是有人能跟他們分說明白就好了。書本是脆弱的，怕火怕水又怕蠹，要想保護好它們，就需要各種才能的配合。需要大哥的癡，才能挑到珍本；需要二哥的世故，才能有足夠的錢。雖然個性大相逕庭的人們，會互看不順眼也是正常，要湊在一起反倒勉強；但要守護像寶書樓這樣的存在，與必定會到來的流逝與遺忘相抗衡，本來就不可能不勉強。」

「……我看，妳自己就可以說得很好了嘛。」

芸兒嘆口氣：「但我就算想，又該從何說起？」

「妳現在是在問我，要如何裝神弄鬼？」我挑眉：「推薦妳一個好用的東西如何？」

※※※

於是計謀是這樣的：我先把三兄弟餵飽了神酒，再想方設法把他們趕進寶書樓；剩下的就交給芸兒接手。反正酒後的「真言」也沒限定一定要我來說，芸兒早就學會了用真氣控制聲音的法門。

她聽到我說起神酒，簡直大為振奮。立刻蹦出了一堆壞念頭，被我喝止：「妳只准用在該用的地方，懂嗎？別做任何多餘的事。專心傳達一個最重要的念頭到他們心裡就好。」

芸兒頹喪了一會，眼神又亮起，自己就偷笑起來。

「妳又在打什麼主意？」

「我想到該扮誰了。」芸兒說。

「說說看？」

「他們的爺爺，范欽范老爺子。」

「啥？」

「你不是說只要加以適度的導引，我說什麼他們都會相信？」芸兒說：「在這書樓裡藏有老爺子的日記，一路記載到老年為止。他們是老爺爺最疼愛的孫子，所以我知道很多關於他們小時候的軼事，只要善用那些，就有可能取信於他們。」

我喔了一聲，她竟然已經學到了這一手，相命先生之流的秘技。真是太可怕了。她握有整個家族的記憶，若是再有源源不絕的神酒，根本就可以統治整個范府。

「你覺得怎樣？」

「我覺得……很好啊。」我說：「就照妳想的去做吧。」同時內心默默決定，絕不讓她有機會從我這裡拿去更多神酒。

當她開始在寶書樓裡喚起范老爺子的魂靈，我就只是在外面等。雖然聽她假扮老爺爺念這些老爺聽起來很有意思，但畢竟這樣的場面我看多了。我耐心等著，只見大哥與二哥並肩走出來時一臉失魂落魄，就這麼走回了各自的房間，我沒攔他們。三弟最晚出來，一反平常的淡定，滿臉淚痕，是被狠狠地捉弄了？亦或是好好地告別過了？

我沒必要知道，我只需要知道我在這裡的工作結束了。

我依循行規，在事件結束後先行迴避（因涉及太多家族秘密，有些人會慘遭滅口，於是我們一旦解決了事情都是走得愈快愈好。）三個月後才來找姜定海拿酬勞，聽他說范府似乎相當滿意，滿意就好。再聽說天一閣的事情已是數十年後，黎洲先生受范府之邀，成了首位登上天一閣的異姓學者，後來他寫了本書講天一閣裡的珍本古籍，天一閣從此名揚天下。

但在我心裡，一提到天一閣寶書樓，始終就只會有一個人現身在我眼前。一個孤身守護著書樓，寂寞而又快樂的瘦弱身影。

THE END

第三屆・特優
〈烘爐地〉

睦同

作者簡介／睦同

本名陳春有，淡江大學英文系、奧地利ITM旅館管理、華梵大學東方人文思想碩士畢，文青咖啡品牌「輕醒咖啡」創辦人，喜歡從咖啡與音樂中汲取寫作靈感，因此故事中時常可見咖啡與音樂的元素。

散文作品《閹豬少年》曾獲得聯合報懷恩文學獎散文組第二名，其他作品散見於「講義雜誌」以及網路部落格等，目前仍持續寫作中，希望為華人文學創造一種結合商業、奇幻、寓言式的寫作模式，讓讀者能夠清楚聞到、聽到、看到、觸摸到文字中所要表達的意境。

小說不僅是文字功力與技巧的堆砌，而是思想遨遊在潛意識裡，與生活現實結合，創造出人類最偉大的藝術形式之一，在如今奇幻文學當道，逐漸成為主流之際，筆者將持續筆耕，為台灣本土奇幻文學的未來盡一份心力。

「到底要如何去除土腥味與澀味呢？」

凌晨一點十分，勁冷的秋風狂吹半開的方格木窗，年久失修的窗格無法固定，主人用枯木卡住窗縫，只為了讓強風全力灌入這陳舊的老米倉庫，縱使疾風以渦旋狀捲入室內，偌大的米倉仍籠罩在濃濃的煙霧中，那濃煙在強風吹襲下，變成一卷一卷的煙圈，捲過來，捲過去，像找不到投胎處的魂魄，急切又無助。

「上回明明有亮麗的果酸以及核果餘韻，這次怎麼不見了？」五隻手指插入捲髮中，胡亂搓揉，隨即將手指浸入桌上的碗水裡，將冰涼的水滴噴向幾近失魂的臉。

他遲緩地脫下胸前的黑色圍裙，彷彿卸下沉重的金縷衣，用力吐出一口氣，啪地一聲，上半身跌入擺滿大小咖啡杯與銀匙的木桌上，左臉頰貼在凹凸不平的桌面，一道濃黑的咖啡汁液，從前方不遠處的傾倒杯中朝他的臉流過去，扭動的液體逐漸變形成一隻菱鱗黑蛇，慢慢爬向他的眉心，黑蛇飄出奇異的苦澀味，速度瞬間變快，倏地張大口，將他從頭狠吞下去。

充滿黏液的甬道左右蠕動將他推擠而下，他知道他快要死了，努力想回憶這輩子的片段，卻怎麼也想不起來，最後他只模糊地感覺嘴唇發出微弱的：「阿爸！」

※※※

陽光下，一群孩子爬過鐵絲圍籬，往綠意盎然的咖啡園跑去，大伙看到結滿紅莓果的咖啡樹，二話不說，用力攀採果實放進口袋，口袋滿了，把上衣當成袋子，繼續裝，直到每個人變得胖鼓鼓的，才滿意地跑到一旁的空地。

咖啡果實像被卸貨一般，倒了一地，大家一顆一顆拾起果實放入嘴裡，將外皮與果肉吸掉，再把果仁豆子吐進鐵鍋，接著有人生火，築起簡單爐灶，將鐵鍋放在灶上，大家輪流拿鏟翻炒，豆子由黃轉黑，濃香四溢，將鐵鍋從灶上移開，大伙張口呼呼對著豆子吹氣，或者用木板及衣裳搧風，讓豆子冷卻。

最後將黑色豆子搗碎，加入熱水以及大量的糖，用力攪拌，就變成了香甜的咖啡汁液，每個孩子以嘴就桶輪流著喝，喝過一口後，臉上洋溢著甜橘般的笑容。

「小黑！你又帶朋友來偷採咖啡齁！」

渾厚的叫罵聲從後方傳來，孩子們一哄而散。

「阿爸！你的咖啡園這麼大，採一點點沒關係啦！」

「小黑，這片咖啡園是阿爸辛苦照顧的，不過不久有人要來砍樹了，不管以後你要不要繼續種，都要記得咖啡是阿爸的心頭肉，有記得嗎？」

小黑看著阿爸黝黑且雙頰凹陷的臉，還不懂事的他，只顧著回味從喉頭回甘的甜美餘味，快意地點頭。

※※※

「阿爸！阿爸！我有記得，我有記得。」

小黑睜開模糊的雙眼，黑蛇不見蹤影，窗戶大開卻聽不見一絲絲風聲，老米倉裡異常寧靜，原本的煙霧像被抽乾，只剩下乾淨清爽的老木頭氣息。眼前桌上的咖啡杯整齊擺著，潔白地像剛從高溫強力洗碗機拿出來一樣，折射出天花板一整排的舊式日光燈，把小黑的雙瞳照得如米粒般大小。

「哇！好刺眼！那是什麼？」小黑揉揉眼睛，盯著原本擺放咖啡烘爐的地方。

咖啡烘爐是這米倉裡唯一的大型器具，是小黑用來烘焙咖啡豆及生財工具，那是他爸爸留給他的珍貴遺產，雖然已經不適用，但他仍然堅持用這老機器烘出他家族特有的味道。

他爸爸為這烘爐取了一個綽號：「黑龍！」

小黑慢慢站起來，邊揉眼皮邊往黑龍走去，在黑龍前方約五步遠時，「你是什麼東西？」一聲大喊，小黑整個身子跌到水泥地上。

那台叫黑龍的咖啡烘爐，突然像有生命一般，慢慢站了起來。

不！應該說是從盤蜷的身軀，以螺旋狀逐步向外滑開，接著一個眼如電、角如戟、頭如山、鬚如銀的龍頭從中央昂然而起，他的身體平滑無鱗，柔如細絲的黑色金毛從頸部覆蓋至尾端，短屈的前爪立在半空中，兀自發出黑珍珠般的光芒。

「你是…黑龍？」

「朕是『隱』，一類附在物體上的神靈。」
「我聽不太懂……」
「朕本無形無狀，隱附在具有歷史意義的烘爐上，只要烘爐存在一天，朕就存在，現在你看到朕的形狀，不過是你想出來的罷。」
「我想出來的？」
「正是！可別小看『想』的力量，『想』可形塑、可成就，可牽動神靈界，召喚出隱之神力，由無化有，力撼山河！」
「你真的是……黑龍，我的咖啡烘爐？」
「朕不是烘爐，朕是隱！」
他的龍尾突然往外一掃，小黑在地上滾了好幾圈，直到撞到牆壁，才停下來。
「痛死了！你別過來……」小黑掙扎想爬出窗外。
「朕沒有時間跟你虛耗，今夜要選出烘爐地王，只有你才能幫朕。」
「烘爐地就在不遠的山腰上，有個著名的土地公廟，從沒聽過什麼烘爐地王，那是什麼東西？」
「時間快到了，你快點隨朕去，路上再慢慢解釋。」
「你是龍，可以載我飛過去，一下就到了！」
「朕說過，這外形是你想出來的，朕無法承載任何物體。」

「那要怎麼去？」

「你揹朕上去。」

「你這麼巨大，我怎麼揹？」

話一說完，黑龍頓時扭捲、縮小，最後變形為一隻全身赤紅、頭上長角的蟾蜍狀怪物。

「你是蟾蜍？」

「朕是天蟾！」蟾蜍聽出小黑語氣中的嘲諷，喉囊膨脹得像個火球。

「你不是無形無狀？」小黑瞇起來的眼睛，嘲弄的味道更明顯了。

「時間不多，快上山！」蟾蜍逕自跳到小黑背上，帶蹼的大掌往他左臉拍去。

「天啊！你怎麼這麼重。」小黑雙膝差點歪倒。

「朕的重量來自於時間，時間很沉重，對於六道中的人道來說。」

「人道？那你是哪一道？」

「快走！」蟾蜍沒回答，急急催促。

小黑的老米倉離山腰的烘爐地不遠，不過從山下到山腰都是階梯，而且凌晨時分完全沒路燈，雖然小黑熟悉山路，但在黑夜中揹一個莫名的蟾蜍隱神奔走於山中，他心中還是很忐忑。

猛然之間，他的雙眼被那蟾蜍的前掌摀住。

「你幹什麼！這樣我怎麼看路？」

說也奇怪，被摀住的眼睛竟如探照燈一般，照得山上的路熠熠發光，在黑黝黝的山區宛然成為一條蜿蜒的晶亮河川。

小黑此刻方才覺得這背上的蟾蜍似乎有不可言喻的神力，不過此番上山到底所為何事？為何只有他能幫忙？他實在摸不著頭緒！但內心底層對於今夜目前所發生的事，又有種莫名的熟悉，似乎以前曾經遇過……

小黑從小陪著父親在山上栽植咖啡，由於樹園都是在陡坡上，因此練就不凡的腿力，尤其若逢採咖啡豆季節，身上掛著裝滿紅果實的竹籃，還要登上踩下維持身體平衡，若沒有相當強實腿力，是無法應付這等苦差事的。

「朕今晚要來幫你當上烘爐地王。」蟾蜍圍住小黑腰部的腳，用力往內縮緊。

「噢噢…你輕一點，我沒說我要當什麼烘爐地王啊！」

「你若不當上烘爐地王，朕就會被真君緝拿歸案。」

「你到底在說什麼？可不可以一次說完，什麼真君的！」

「真君就是太上老君，我們這些隱神稱他為真君，真君的丹爐比天上星辰總數還多，每個丹爐都有個隱神，朕是其中之一。」

「慢著，你是說『封神榜』裡那個虛構的神話人物？」

「啪！」

「唉喲！痛耶！你的力氣怎麼……」

「不可無禮！什麼虛構？那是你們人間愚癡至極的想法。」

「好好！不是虛構，你繼續說。」

「有一天真君在烘一爐『廣聞丹』，朕在爐中感覺紫銀火不足，於是私自加強火力，讓丹心受足七層火候，吸飽七殿虹光，將七障七礙徹底排除，鍛鍊成十全無瑕之丹，正當朕滿意自己的成就，陶醉在真君稱讚朕的想像中時，丹藥突然冒出濃濃焦黑味，朕心知不妙，趕緊熄火，吸足罡氣對著丹藥猛吹，這一吹之下，丹藥頓時灰飛煙滅，朕驚惶失措之下，變回天蟾原形，逃至人間來，請求烘爐地主福德正神庇護。」

「所以，你原本就是蟾蜍！」小黑輕笑出聲。

「朕是天蟾！」（唉喲！）「隱神都是無形的，但真君依照修道程度，會賜予某種道形，朕的道形就是『天蟾』。」

（痛耶！）「朕聽到你心裡在竊笑。」

小黑知道不能再開玩笑下去，此時他已經從老米倉走到前往烘爐地的入道口，眼前盡是一路往上發出亮光的階梯，他曾約略算過，從這裡到最頂的福德宮有一千多個階梯，通常他可以一口氣爬到頂，但現在揹了一個沉重包袱，需要調整一下呼吸才行。

「你往上看！從這個角度正好可以看到福德宮後方及左右各突出一塊山巖，三足鼎立，狀似烘爐，下方不遠處有塊巨岩，那是『火母石』，烘爐與火母是真君賜給福德神的禮物，讓他香火不絕並庇佑此區老百姓，當然還有提供隱神們一個依存處所。」

「你們這些隱神躲在這裡接受庇護，難道真君不知道嗎？還有，土地公難道沒有藏匿罪犯的嫌疑……」

「止！不可汙衊福德神，名義上隱神接受庇護，實際上是真君提供另一個道場，人間的修行條件極為苛刻，看似退步，其實更能淬鍊精進力，況且，許多隱神尚存魔性，福德神剛好擔任監督與降伏的角色……」

「監督與降伏？」小黑心裡不斷琢磨這幾個字的涵義。

猛然，天空出現一個巨型白火球，從中心點往外爆開，形成一個鼎狀，正好懸在烘爐地那三個柱狀山巖上，一個完整的大鼎矗立在山腰，十分壯觀。

「那是白如蟾向福德神禮敬的信號，他比我早一步到了。」

「白如蟾又是什麼？太驚人了！」小黑完全被那華麗的白鼎光所震攝。

「隱神的修道階位分為八層，名為地、水、火、風、青、黃、赤、白，真君各賜予不同天蟾形，也就是地廣蟾、水印蟾、火帆蟾、風變蟾、青尾蟾、黃足蟾、赤角蟾以及白如蟾，這八階統稱為『天蟾道』，一旦修到白如蟾，很快就可以進入『近種道』，那是……」

「我看到了！那白鼎光中央有隻白色的蟾蜍，頭頂地面，四肢伏地，似乎在向誰鞠躬。」

「嗯！那就是白如蟾的道形，他額頭有顆白如意珠，是隱神階位授記，代表純白無染，百轉如意，但這也不過是……」

「我看到了！他額頭上的珠子好亮啊！」

「你到底要不要聽朕說完？」

「你說得太複雜，我真的聽不懂，可不可以直接跳到重點？」

「好吧！人道的愚痴果然⋯簡單來說，今夜是隱神烘焙咖啡豆競賽，冠軍即是烘爐地王。」

「烘焙咖啡、冠軍、烘爐地王，這⋯⋯我完全連不起來啊！」

「以你的腳力，我們到達會場應該還有十一分鐘左右，你專心聽朕說，朕就可以一次說到底。」

「好！我專心聽就是⋯⋯咦，怎麼都沒人？」

此時他們已經來到停車廣場，平常這裡夜越深越熱鬧，此時竟然空無一人。

「此時此地與你所生活的空間是重疊的，但兩個空間所構成的方分極微完全不同，因此彼此碰不到，簡單說，兩者的能量組成粒子不同，好了，不多說，要進入正題。」

天空又炸出一個亮麗無匹的青光鼎。

「難得青尾蟾也早到。」

「到底有幾位隱神參加比賽啊？」

「等等⋯⋯這該不會是⋯⋯天啊！」

一隻火鶴從另一座山頭突然飛至，全身盡是金青色羽毛，赤紅長腳、象牙白喙，嘴裡叼著一個璀璨刺眼的火球，雙翅張開比整個烘爐山頭還寬，鶴頭向山頭輕輕一點，迅速飛墜而下，轉眼消失不見。

「那是⋯⋯」小黑張大了嘴。

「是畢方火鶴，『近種道』的煖位神，沒想到連煖位都出現了，我知道你聽不懂，朕簡單說一次，天蟾道再往上就是近種道，意思是『接近入道的種子』，也就是說進入此道，等於離悟道的種子不遠。」

「什麼！才種下種子而已！」

「連種子都沒有，只是距離不遠。」

「我問一個問題，你們天蟾總共要花多少時間才能修煉完？」

「朕說過，時間對人道來說太沉重，這時間算起來無邊無際，就甭提了。剛才的畢方火鶴往上還有三階，依序是丙丁炎龜、回祿焱犛、燚翅拾凰，除了火鶴及炎龜會墮下人間外，其他階位的修行已經穩固，從此只會往上昇，不會下墜。」

「這些名稱太拗口，你還是直接跳到比賽內容，我頭腦快轉不動了！」

「所有的隱神都是真君煉丹的助手，煉丹術是一種大功，需要全心全力投入，它並不是單指把丹藥煉好，而是修行功夫的鍛鍊，也是心的運用與轉化，藉由修煉者與爐、火、風、時間五方的互動，成就凝聚丹藥之功，一旦煉成，心也跟著往上提升，這說起來容易，但其中過程甚為險要，只要任一環節出岔，即使只有沙粒般紕漏，都會造成結果與目標大相逕庭。」

「所以隱神在天上煉丹藥，來人間卻烘咖啡豆，這個還蠻……嘻嘻……好痛！」

「雖然不盡相同，但道理一致，福德神近幾年在人間巡視，竟迷上咖啡，於是把底下管轄的隱神全部找來，利用他們煉丹的經驗來烘焙咖啡，一方面讓隱神對本業不會生疏，另一方面福德神工作繁重，正好利用咖啡來提神。」

「神也要『提神』，我怎麼覺得聽起來怪怪的，別打我！」

「朕沒空打你，其實神和人也差不多……算了，還是進入比賽正題，這比賽人間三十年一回，上次冠軍是你父親，別插嘴，聽朕說！你父親是朕在人間看過火功最細膩之人，機緣巧合下朕隱入他的爐中，與他心意結合，協助彼此的鍛鍊，最後引導他參加比賽，輕易打敗其他對手，獲得烘爐地王頭銜，朕也得以在人間繼續修煉三十年。」

「我怎麼沒聽老爸說過？」

「他說過二次，一次你根本不懂，另一次你當成笑話，還當面取笑他。」

「取笑？怎麼可能……唔，似乎好像有那麼一次。」

「想起來了吧！難道不覺得這一切有熟悉的感覺？」

「我正是如此想著。」

「朕不知今夜有哪些神參賽，比賽規則到了會場你自會明白，你是上屆烘爐地王的兒子，所有目光都會聚集在你身上，朕會協助你，但最重要的是，你要幫助你自己。」

「我怎麼幫助自己？我烘咖啡的功力還不夠啊！」

天空又爆出一個火帆狀的信號光，像一艘帆船載著一隻大蟾入港。

「火帆蟾已到，我們快上山，免得殿後。」

小黑用力提氣，腳一蹬，快步往山上奔去。

一跨越福德宮大門，小黑急促的呼吸尚無法調勻，卻被眼前景象嚇得差點窒息。

原本擁擠狹小的廟堂，此時竟然變成一個龐大無邊的平台，正前方有四隻金麒麟頂著一塊長形台狀黃玉石，上面擺了兩張八卦椅，端坐其中的正是笑臉慈容的土地公與土地婆，衣著容貌與一般廟裡看到的雕像完全吻合。左右兩邊各有參天七石柱，石柱雕滿四時花卉、桃李百果、逸草仙藥、核仁莢豆等，雕工如此精細，彷彿真的是從地上生長出來，地板平滑如鏡，反射出天上月亮星辰之光，明晃如晝，根本不需其他照明。

正當小黑墊起腳尖、左右擺頭，想看清楚柱子旁的物體時，忽然覺得頭昏眼花，腳下踩的地方似乎動了起來。

「往後跳！」

小黑依言向後跳了好幾步。

廳堂正中央浮出一個拱狀圓頂，仔細一看，上面有明顯龜甲紋路，接著出現　一個犀牛頭、四隻牛蹄與一條冒火的短尾，原來是一隻犀首火牛龜。

「歡迎丙丁炎龜君入場！」廳堂四方傳來整齊的歡迎聲。

「連丙丁炎龜都出場，看來今年陣勢浩大，競爭強也！」天蟾對小黑說。

「丙丁炎龜向福德神頂禮。」簡單問訊後，頭三點，隨即起身。

此時上空炸出一個巨型熾烈火球，正中央是隻赤角蟾蜍。

「咦！那不是我揹來的天蟾。」小黑往後一看，天蟾不知何時已然跳開。

「歡迎赤角蟾君入場！」四周歡迎聲齊揚。

「赤角蟾向福德神至誠頂禮。」赤角蟾伏地時，特地把頭角收起，表示尊敬。

「頂禮就頂禮，還加個『至誠』，連角都收起來，神界也懂狗腿這一套啊！」小黑心裡呧咕著。

「神君們免禮，難得神聚，別客氣。赤角君，您身旁那位是黑龍君吧！」福德神嘴唇沒動，而是用手指發出聲波語。

「你就是黑龍君，正招呼你哩！」赤角蟾回頭望著小黑。

小黑突然被點名，不知所措，雙手一陣胡指亂點，他想土地公用手指跟他談話，禮貌上應該也要用手指回應。

「你……不可無……」赤角蟾氣得喉囊大張。

「親公你瞧！這小黑龍君比他父親風趣多了，頗得吾心。」土地婆張口笑著說。

「親婆說得極是，昔日黑龍君的火功嚴謹，控制自如，因此個性略微拘束，看來他兒子沒傳承他個性，就不知是否承襲那驚神的火功？」土地公不再用手指表達，而是張口自然說話。

「親公、親婆，土地公婆說話好肉麻！驚人說成驚神，這群神明講話還真是需要翻譯才懂。」小黑默默想著。

土地公婆兩人突然拍掌哈哈大笑。

小黑感到現場所有目光都灼射到他臉上，他頓時領悟自己所有想法都被周圍的神明看透了。

「舉頭三尺有神明，原來不只舉頭，上下左右都有神明。」此想法一現，四方笑聲爆出。笑聲雖大，卻沒有任何迴音，彷彿被地板吸入一般，小黑耳朵嗡嗡響，眼睛卻異常清明，把四周看得更詳盡了。

每個柱子下方都立著一座大烘爐，形狀各異，主要為金、銀、黑三色，一般說來，咖啡烘爐可分為直火、半直火、熱風式三種，從外觀上大概就可以分辨得出，但現場的烘爐到底是哪一種，小黑完全看不出端倪。他數了一下，共有十座烘爐，爐旁各站著一位隱神和一個凡人，從外表特徵來看，土地公婆右邊最前端是畢方火鶴，接下來分別是青尾蟾、黃足蟾、赤角蟾（尚未到位）、白如蟾，左邊最前端是丙丁炎龜，接下來分別是地廣蟾、水印蟾、火帆蟾及風變蟾。

「你隨朕過去吧！」

赤角蟾引導小黑走到定位，一走到爐旁，小黑大喊出聲。

「這是我的黑龍爐啊！什麼時候搬來的？」

「你別大聲嚷嚷，這沒什麼好驚訝的。」赤角蟾用角頂了小黑手臂。

此時，絲竹聲大響，柱子上的雕飾動了起來，百果花卉都變成了小妖仙，從柱上爬落到地面，笛、笙、箏、琴、鼓、鈸、板、鐘齊出，奏出天籟仙樂、神旋妙音，小黑從頭頂陶醉到腳底，完全忘了身處何地。

「嘿！喂！」

美樂中出現人聲，顯得特別突兀。

「別出聲！吵到我了……」小黑專心聽仙樂，無暇分辨聲音的來源。
「你叫甚麼名字？跟我說嘛！」
小黑把頭轉向左邊，一位黑紗滾紅邊布衣、腳裹及膝五色布條、頭包著羽飾頭巾，白膚粉唇、雙眼靈動的女孩正對他頻頻招手跺腳。
「我……叫風傳一，大家都叫我小黑。」
「我叫莉慕依，叫我舞鶴公主就好。」女孩擺出她特有的公主身姿。
「嗯！」小黑是個咖啡宅男，整天和咖啡對看，不懂和別人聊天，尤其是女孩子。
「我跟你說，我晚上烘咖啡豆時，爐子突然跟我說話，嚇我一跳，然後莫名其妙就被送到這裡來。」
「嗯！妳比我幸運，我是被黑蛇吞下肚的。」
公主臉上露出誇張的驚呼表情。
樂音越來越高昂，現場氣氛隨著音樂飆上穹蒼，橫亙萬里的星辰都被音符震盪得快墜落，如銀的月盤被笛笙吹得團團轉，丙丁炎龜的巨腳隨之起舞，整個地板猛震，幾近翻騰。
「剎！」
樂音戛然停止，妖仙群歸位，四周恢復原本的寧靜。
一隻錢鼠立著身，手持兩枚銅錢，摩擦發出金屬嘎嘎聲，從土地公婆的椅下鑽出來，面對眾神人，深深一鞠躬，接著開口說話。

「眾神人夜安！」說完又一鞠躬。

「錢大人夜安！」眾神回禮。

現場凡人見狀也跟著鞠躬，公主彎下腰時對著小黑摀嘴笑，小黑馬上把目光轉向地板。

「今夜恭逢三十年一回之烘爐地王競賽，福德伉儷多年至民間探訪，尋得千種珍奇佳豆，甚為歡喜，且今民間烘爐火功百家爭鳴，奇技百出，令人咋舌。諸神君經過多年磨練，應該已非昔日大聖（從「昔日阿蒙」所改之成語，流行於天界，大聖指的是齊天大聖），因此，藉今夜比賽除了標選出上供真君的極品豆外，也要選出本屆烘爐地王，成為眾君切磋對象以及學習榜樣，其中奧秘不需本官贅言，眾君應該極為明瞭……」

「你懂他在說什麼嗎？」公主屈著小指比向錢大人。

小黑搖頭，但心裡卻點著頭。

「比賽規則如下……」聽到錢大人如此說，小黑頓時豎起耳朵。

「總共分為三個回合，第一回合，異國莊園豆，以呈現該地區獨特風味為主；第二回合，台灣本土豆，以凸顯台灣特色為主；第三回合，綜合混豆，以自己獨特配方，展現整體風味之平衡。每個項目及格分數為八十五分，最高一百分，三個項目加總最高分者，就可拿到本屆烘爐地王的獎爐一座，爐金三千兩，人間修煉六十年，修行階位晉一分。」

「如果沒達到及格分數八十五分，怎麼辦？」公主納悶輕聲問小黑。

「若未達及格分數，直接失格退場。」小黑與錢大人同時說出答案。

小黑對於自己知道答案，嚇了一跳，公主則認為小黑明明懂，卻裝著不懂，極為可愛。

「請注意！本屆比賽規則有些許變動，以往皆是隱神與人固定搭配，今年則採抽籤制，每組參賽人將抽出搭配的隱神，三個回合抽出三位隱神，不得重覆，也就是說，三回合都會搭配不同的隱神，每位隱神可以教導、激勵、鼓舞參賽者，也可以誤導、壓抑、打擊他們，這新規則是要判定參賽者內心穩定的程度，唯有技術純熟、穩若泰山之人，才有資格獲獎。」

此言一出，現場一陣騷動。

「請問錢大人，倘若抽到原本搭配的隱神，是否算數？」水印蟾問。

「當然算數。」

「請問錢大人，倘若朕原本搭檔的參賽人因為其他隱神的不當引導，導致失格，是否就要退場？」風變蟾問。

「當然！這就是此屆比賽的特色。」錢大人把銅錢磨得發出尖銳聲。

「如此一來，比賽就帶著欺詐色彩，此非正道也！」赤角蟾的頭角冒出紅光。

「赤角蟾君此言差矣！難道忘了真君的教誡？正反順逆都是角度問題，這是煉丹時必須突破的難關，唯有持守正中、不著二邊，方不被虛表的正反順逆左右，這是修煉之大要啊！」錢大人將銅錢合一，置於胸前，做合掌姿。

眾神聽到錢大人如此回答，即使心覺不妥，也只能勉強頷首，強裝微笑。

「請問眾神還有其他問題嗎？」錢大人的語調無比剛硬。

一片寂靜。

「那麼，本官在此宣布，本屆烘爐地王比賽正式開始！天上星君可以下來觀賞，比賽過程請不要交談、指導或者使用仙術，敬請合作。」

錢大人一說完，天上星星陡地晃動起來，接著一陣陣流星雨劃破天際，從天而降，一碰到地板，眾星立刻化為官服裝扮的星君，廳堂頓時星光燦爛、群星朗朗。

星君們井然有序地自動排列成北方玄武、東方蒼龍、南方朱雀、西方白虎七宿等，圍繞在會場四方，面朝中央，靜靜發出柔和星光。

「參賽人請到本官這裡抽籤，共抽出兩籤，第一籤抽搭配隱神，第二籤抽咖啡豆種類，請移步。」錢大人手捧兩個元寶形抽籤箱說。

「我只想抽地廣蟾，不要抽到別的隱神，好可怕！」公主緊跟在小黑後頭。

「我也不想，放輕鬆！」小黑不太懂安慰別人，勉強說出這句。

「我比較熟亞洲豆，其它地區我不太行。」

「我擅長中南美洲豆，希望能抽到這區的豆子。」

「第一組參賽人抽到黃足蟾，咖啡豆是瓜地馬拉‧微微特南果日曬。」錢大人報出第一個抽籤結果。

「完了！我的黃足蟾被抽走了。」公主語帶泣聲。

「妳別擔心，不要緊張。」小黑感覺手掌略有涼意，知道自己也很緊張。

「第二組參賽人抽到赤角蟾，咖啡豆是肯亞ＡＡ日曬。」錢大人大聲喊出結果。

「你的隱神也被抽走了。」公主對小黑說。

「我聽到了，沒關係。」小黑眼睜睜看著赤角蟾跟別人走，赤角蟾回頭望他一眼，眼睛閃爍紅光。

公主是第三組參賽人，她越過小黑身旁，拉了他衣角，想從他身上獲取好運氣，接著她雙手伸進去抽籤箱。

「第三組參賽人抽到地廣蟾，咖啡豆是衣索比亞．西達摩水洗。」

公主聽完抽籤結果，鬆了口氣說：「還好是西達摩。」兩手從錢大人助手接過咖啡生豆，走回自己的烘爐，後面跟著地廣蟾。

「第四組參賽人抽到丙丁炎龜，咖啡豆是衣索比亞．耶加雪菲水洗。」

一聽到丙丁炎龜，四周響起如雷掌聲，似乎抽到這位隱神，是件很幸運的事。

小黑一臉得意，因為耶加雪菲是他擅長的品項之一，加上抽到丙丁炎龜似乎很好運，他登時堆滿笑容，走過公主身旁時，明顯接收到羨慕的眼神。

「第五組參賽人……第十組參賽人…」錢大人很快報完第一回合抽籤結果。「接下來請福德正神為我們講幾句話，做為正式比賽前的暖場，有請福德正神。」

「眾神人好友、眾星君，夜安。」土地公從八卦椅起身，並用手指撥弄空氣，產生語音波。

「福德神夜安。」眾神也以手指音波回應，除了凡人之外。

「烘爐是死的，若少了人的操作，一無是處。人為本，爐為輔，隱神為緣，成為身、心、靈金三足，三足兼備，鼎方能立，才能自在操控火力。沒有所謂完美，只有獨特性，因為獨特，三千世界才得以如此豐美，請記住，烘爐是你心力的展現，烘爐地就是你一展所長之地，烘爐在，你就在，你是唯一。」土地公張開雙臂，微笑原地環繞一周。

在場所有神君紛紛抱拳彎腰回禮。

「第一回合，計時四十分鐘，正式開始！」錢大人高亢地大喊。

「西達摩豆子質地堅硬，透熱性差，建議烘到二爆劇烈階段，進入深焙。」

小黑聽到旁邊的地廣蟾對公主這樣說，不禁點點頭，他也贊同，看來這位隱神可以協助公主，這下他就安心了。

「耶加雪菲是您拿手品項，朕相信您的技術，因此在一旁觀賞即可。」炎龜雖是犀牛頭，卻滿臉慈祥和善。

「你們隱神為何都自稱為『朕』？」小黑打開爐火，也打開與炎龜的話匣子。

「好問題！修煉過程中，去除『我執』至為首要，您瞧瞧我！」炎龜突然變身，從青尾蟾、黃足蟾，一路變到現在的炎龜模樣。「這些道形都是我，以前的我，但怎麼可能有這麼多我，可見沒有永恆不變的我，它是無常，剎那變化，因此隱神不自稱我，而稱朕，就是為了避免落入實質、常一之我，這樣您懂嗎？」

小黑搖搖頭，接著把一公斤的咖啡生豆倒入兩百三十度的熱爐中，他的黑龍爐是少見的直火式，滾筒有小孔，爐火可直接燒到豆表，很容易燒焦豆子，若火候控制得當，香氣相當厚實，這是黑龍獨特的優勢。

「舉例來說，咖啡豆從灰白的豆子，加熱後，轉變為深黑熟豆，請問生豆與熟豆是一樣嗎？」炎龜一邊說，一邊興致盎然看著小黑操控爐火。

小黑搖搖頭。

「那麼，是同一顆豆子嗎？」炎龜追問。

小黑點點頭。

「你說生豆與熟豆不一樣，卻又說是同一顆豆子，不覺得矛盾嗎？豆子在爐火中，每個剎那都在變化，這和修煉是一樣的道理，沒有任何亙古不變的事物，這就是隱神修煉時所要證悟的真理。」

小黑心裡突然亮了一下！

此時豆子外皮開始掉落，被燒成點點火星，飄到爐外，讓他的記憶回到孩童時代。

※※※

「小黑，你要記得，咖啡豆是有生命的。」父親盯著爐火說。

「爸爸，你為什麼這麼喜愛咖啡，它是不是有魔法啊？」
「哈哈，咖啡讓我天天充滿驚喜，這就是它的魔法。」
「那怎麼樣才能和你一樣成為烘焙師呢？」
「好好做人，做個實實在在的生活家，憨仔！」
爸爸笑得好溫暖，就像冬夜裡的爐火。

※※※

「時間還剩二十分鐘！」錢大人將銅錢敲擊金元寶，發出鏗鏗報時聲。
「一爆十秒下豆，就會有香氣四溢的藍莓香。」小黑唸著爸爸教他的口訣，打開爐門，將冒著熱煙的豆子劈哩啪啦地落進冷卻槽裡。
「讓我來！」
炎龜張開四腳，大嘴一開，對著冷卻槽裡的熱豆，吹氣，小黑在一旁不斷攪拌，不到五分鐘，所有豆子都已冷卻，烘焙完成。
「我可以再問你一個問題嗎？」小黑眼看還有時間，又想到一個疑問。
「請盡量問。」炎龜以為小黑對剛才的修煉方法有興趣。
「你也是烘壞真君丹藥，才躲到這裡庇護的嗎？」

「哈哈！朕是自願下來的，人間的磨難比天界多，是加速晉階的好地方，在天界修行必須一階一層往上，但在人間若遇到特殊助緣，是可以一跳多階的，例如從天蟾初階直接跳上煖位，這在人間才有可能。」

小黑對這其中道理還沒想通，注意力已經被一旁的叫聲吸引過去。

「還不夠，不夠，不要急！」另一爐的地廣蟾對公主急喊。

「正在接觸二爆密集，我怕烘過頭。」公主和隱神意見明顯不同。

「不要緊，到密集中段再下豆！」地廣蟾語氣急促。

「我不管！」公主看到其他參賽人都已下豆，根本不聽隱神的建議。

地廣蟾眼見如此，也只能對著落下的熱豆吹氣，將豆子冷卻。

「時間到，咖啡杯測開始！」錢大人不知何時手中出現二隻銀湯匙。

所有參賽者將豆子磨細，分別放十二公克咖啡粉於前方桌上的杯子裡，倒入熱水，靜置。

「恭請福德神破粉！」

土地公也手持兩隻銀湯匙，到每個組別前方的桌子上，進行標準破粉動作，此一動作做完，勺起一匙咖啡汁液，放入唇間，用力吸入，發出「嘶」巨響。接著土地婆、錢大人，還有七星宿代表輪流上前，一一進行杯測。

「柑橘、紅茶味，但有點煙味與雜味！」土地公在杯測公主的西達摩時說。

公主面露不安之色。

「嗯！藍莓香、花香、荔枝果香、紅酒，完美！」土地公喝完小黑的耶加雪菲，讚不絕口，接著在成績表上記錄杯測分數。

「哇！美啊！極品中的極品，細緻的柑橘香，清爽亮麗的檸檬茶酸甜，唇齒之間如同有數萬個柑橘小精靈跳著豐年舞，令人陶醉，不愧是巴拿馬．藝妓咖啡，您將此咖啡的特色完全展現，不簡單！」

土地公杯測到第八組時，大大讚嘆，一旁搭配的隱神畢方火鶴張開雙翅，表示滿意。

裁判團共有十位成員，每位杯測完，立刻寫下分數，記分助理在最後累計總分，算出平均分數。

「報告第一回合成績！」

錢大人手拿杯測成績總表，開始大聲念：「第一組九十分，第二組八十九分，第三組八十五分，第四組九十五分……」聽到九十五的高分，四周奏起鼓樂，掌聲四起。

小黑害羞地不停鞠躬，公主低飛通過及格分數，還是很高興地走向小黑，跟他握手，「你好棒，真的好棒！」小黑的頭更低了。

「第七組八十二分。」此分數一出，地廣蟾狂跳，原來這是他原本的搭檔，意味著他已失格，將被判出場。

一陣鑼響，四名蟋蟀仙走到地廣蟾身旁，護駕他與參賽人低頭落寞走出場外。

伙伴一場。

「好殘酷！」公主驚喊出聲，究竟地廣蟾剛才也陪她完成第一回合，雖然成績不佳，但總是

「第八組九十八分。」這分數一出，現場歡聲雷動，鼓鑼齊鳴，因為此成績平了歷史紀錄，正是小黑父親所創下的，這歡樂氣氛來的正是時候，沖散了剛才失格出場的低迷氛圍。

接下來，第九、十組竟都失格，被判出場，也就是說只剩七組進入第二回合。

「第二回合開始，請參賽人抽出台灣在地咖啡豆與搭配隱神。」錢大人雙頰微紅，語調醺醺然。

當公主抽出瑞穗舞鶴咖啡以及赤角蟾時，她整個人跳了起來，雙手朝上，原地轉圈跳舞，並哼著舞鶴地區的歡樂民謠，周圍的星君也隨著她左右搖擺。

「咳咳！」錢大人清清喉嚨，「我們繼續抽下一位。第四組抽到的是屏東德文咖啡，隱神是白如蟾。」

小黑皺皺眉，因為他沒烘過德文咖啡，他眼角瞄到赤角蟾也正看他，面有憂色。

「第二回合七組抽籤完畢，比賽開始，計時四十分鐘。」

錢大人說完，小黑看著手上的德文豆，陷入苦思。

「從豆相看來含水量極高，前面脫水階段要特別注意。」白如蟾彬彬有禮，極有君子風範。

小黑將生豆湊近鼻子一聞，土腥味濃厚，這正是他最不會處理的味道。

「這次比賽您應該是抱著觀摩學習的心態來的吧！年輕人經驗不足，本就應該多看多學，這

是好事，藉由比賽磨練，學習別人長處，才會進步。」

白如蟾說話沉穩莊重，但小黑聽他說話卻感覺如魚刺梗喉，說不出的難受，他將這感覺放一旁，將豆子放入爐中，憑自己經驗開始烘豆。

「您父親上屆參賽，朕極有榮幸與他搭配，他對所有咖啡豆如數家珍，烘焙功力爐火純青，想必您沒有傳承到他的技術吧！」

「我技術當然不及我父親。」小黑將火力調小，想延長脫水時間。

「您有自知之明，這樣最好，神外有神，年輕人不要自傲。」

「我從來沒有自傲！」小黑忍不住提高音量。

「呿！朕不是說您，如果讓您不舒服，朕跟您道歉。」

小黑看到豆子脫水不是很順利，加上白如蟾在一旁君子式的冷言，讓他感覺胸口很悶、很脹，眼睛變得模糊不清。

※※※

「我說老風啊！種咖啡沒賺頭，還是改種檳榔啦！」

小黑在客廳牆角玩推土車，看著里長對爸爸說話。

「我不是為了賺錢，我是為了理想。」

「我聽你放咖啡屁！」另一位村民不屑地說。
「老風你不為自己想，也要為孩子想，以後大家種檳榔賺錢、蓋樓房，你們還住這老房子，孩子會怎麼想？」
「我孩子比我有出息，這不用你煩惱。」
里長的小女兒穿著漂亮洋服，對著牆角的小黑輕聲說：「你沒路用！」
小黑看著爸爸，爸爸也正看著他，兩人眼神裡交流著不捨、不安的情緒。

※※※

「在煉丹過程中，會經歷一種暗黑階段，那是憂鬱無底的巨黑洞，特徵是沉重、無可救藥的失落，隱神稱之為『黑暗陷阱』，它是一種內在未療癒的創傷，可能來自幼年發展的消極人生觀，壓抑且讓人施展不開。」
小黑聽到赤角蟾在旁邊對公主大聲說著，他突然驚醒。
「原來煉丹和烘咖啡這麼像，我也常常在烘豆中，遇到類似的狀況。」公主笑嘻嘻地點頭。
小黑的豆子在爐中突然一聲爆裂，聲音之大，連公主都嚇了一跳。
「您控制火候的功力果然還不行，需不需要朕微調？」
「不用，我可以。」

「別逞強，您把逞強與謙虛搞混了……」白如蟾的柔軟語氣，把小黑逼到抓狂邊緣。

「處理黑暗陷阱的方法就是臣服，坦然開放地面對，不評斷、如實認識，然後等待轉化重生的時機。」赤角蟾這段話分明是對小黑說，因為他急得把身子側對小黑。

正因為如此，小黑更急著想靠自己把豆子烘好。

「我可以，我不要聽你們的，我不是沒路用的人！」小黑不斷對自己說。

「時間還剩二十分鐘。」錢大人開始報時。

「差不多了，下豆。」小黑打開爐孔，讓豆子落下。

「這麼快下豆？朕看豆芯可能都還沒熱透哩！」白如蟾顯出驚訝神情。

「可以幫我冷卻豆子嗎？」小黑請求白如蟾。

「呿！您終於開口求朕幫忙了！」白如蟾斯文地開口吹氣。

小黑看他如此輕描淡寫地吹氣，自己拿起大扇子往熱豆猛搧，一邊攪拌、一邊流汗。

「時間到，第二回合杯測開始。」

「鳳梨、杏仁、巧克力，厚實醇香，不錯！」土地公對公主舞鶴咖啡表示肯定。

「咦！土腥味太明顯，還好甘蔗後韻很甜！」土地公杯測小黑德文咖啡時，微露失望表情。

「哇！這是⋯莫非這是北歐極淺烘焙法！有如品嘗整桌的水果盛宴，新鮮水果滋味在舌面炸開，彩虹般的上揚韻味，充滿整個鼻腔，香草冰淇淋的風味接續而來，後韻是道地的甘蔗甜香，餘味盪漾，啊！美哉，美哉！」土地公站在第七組前，遲遲不肯離去。

「別怕，依我看這是他的修煉道形，並不可怕。」小黑已然見怪不怪。

白如蟾看到金銀蛇也不懼怕，頭頂的如意珠疾射而出，直打金銀蛇之七吋，大夥以為如意珠不可能打中目標，哪知金銀蛇外強中乾，被擊中七吋後，蛇身塌軟，蛇頭乒乓撞地。

「呿！這點玩意兒也能當會場護法。」白如蟾收回如意珠，驕傲無比。

「把白蟾君押下去！」

「什麼！」

白如蟾聲音如蟻般細微，它轉頭看，錢大人把它拎在半空中，身體被打回到蝌蚪雛形，尾巴不斷抖動。

「呿！雕蟲小技，不值一提，把它拿下去。」錢大人模仿白如蟾的說話神情，接著語氣一轉，「繼續公布比賽成績。」繼續磨著他的兩枚銅錢。

小黑與公主看到如此大逆轉，不禁相視愕然。

「第六組九十分，第七組剛才已淘汰，第八組九十八分！」

現場頓時歡聲雷動，連續兩回合都九十八分，已經超越歷代所有的參賽成績。

「果然人外有人，天外有天。」小黑看著那位滿臉鬍鬚、身材微胖的參賽人，外表看起來很平凡，沒想到竟有如此功力，人真是無法以外表來評定。

比賽至此，眾神人皆知本屆的烘爐地王非他莫屬，除非第三回合他失格，否則現場沒有任何一組可以超越他。

「第三回合開始，請參賽人抽出搭配隱神並選出自己的配豆。」

雖然比賽結果呼之欲出，但依照規則還是必須完成三回合比賽，才算結束。

小黑很幸運地抽到赤角蟾，他選擇最保守的巴西與曼特寧豆，兩者搭配正好是曼巴。

「盡力而為，堅持到底。」赤角蟾為小黑打氣。

眾所矚目的第八組參賽人選擇奇特的配方，他選的是盧安達、曼特寧、哥倫比亞，目前的他可說是集三千寵愛於一身，一舉一動都成為所有神君的注目焦點。

第三回合就在這樣的氣氛下順利結束，第八組不負眾望，再次拿到九十五高分，以總成績兩百九十一分的歷史新高，拿下本屆烘爐地王的獎爐。

頒獎時，可說是眾星拱月，所有星光齊聚在他身上，仙樂飄飄，鑼鼓喧天，眾隱神紛紛在天空炸出自己的璀璨道形，金碧輝煌，美不勝收。

此時，一隻蜻蜓仙從天飛至錢大人身旁，在耳邊說了幾句話，錢大人臉色翕然大變，立刻衝上前跟土地公報告。

「眾神君請肅靜！」土地公手掌外翻、內收，四周聲音立刻被他盡收入掌。

「方才探神來報，白如蟾慫恿地廣蟾、火帆蟾、風變蟾帶領葉鏽菌大軍，四處侵襲咖啡園，損害範圍迅速擴大中，我們必須想個辦法阻止才行。」

眾神君你看我，我看你，雖各有仙術，但每位都是地方之神，無法離開崗位。

「我們快向天庭通報，請天兵天將下來收拾他們。」一位星君說。

「諸星君有所不知，葉鏽菌乃凡間之物，天兵天將對此物無可奈何。」錢大人搖搖頭。

「眼前只有一途，我們需要一位勇士，持本官之「五力神印」至各地福德宮，請當地正神協助打擊，唯有如此方能解決。」

小黑望了公主一眼，大聲說：「我去！」

「黑龍君，甚好！」土地公婆同時喊。

「這是五力神印，代表著信、進、念、定、慧五種神力，持此印，所有正神皆須聽令，這五力在您需要時，會給予協助，赤蟾君您也跟隨而去，速速前往，不得有誤！」土地公大手揮著。

「遵令！」赤角蟾仰頭挺胸說。

「我也要去。」公主急喊。

「這……」土地公說。

「讓她去吧！」土地婆笑顏逐開。

「既然如此，黃蟾君您也隨之去，務必善加保護。」

「遵令！」黃足蟾雀躍不已。

小黑伸手拿著五力神印，正不知該如何開始時，印上的「信」字發出強光，罩著赤角蟾與黃足蟾。

「記得朕說過『想』的力量嗎？現在把想轉變成相信，你相信朕是黑龍嗎？」赤角蟾在光照射下，問著小黑。

「我相信！」小黑閉上眼回答。
「轟！啾！」
兩種獸聲響徹雲霄，原來赤角蟾變成巨大黑龍，黃足蟾變成丹鳳。
「兩位的信心都很強。」黑龍丹鳳同時說。
「快去快回！」土地公婆催促著。
於是黑龍、丹鳳載著小黑與公主，飛上天空，所有星君已經回到天空本位，利用星光縱橫連線，為他們指引方向。
「在那裡，快！」
小黑看到地面黑壓壓一片，一大群針狀蟲發出恐怖的嗤嗤聲，在咖啡樹叢中穿梭，被刺到的葉子迅速枯萎，一旦五、六成葉子枯萎，咖啡樹就死亡。
「土地神接令！」小黑落到空地上，將五力神印高高舉起。
一位手持毛筆的書生地神出現在眼前，彷彿正在寫字，突然被召喚，毛筆上還沾著墨汁！地神心意相通，二話不說，引領他們撲向蟲群，那地神一身淨白打扮、衣衫淡樸，沒想到大筆一揮，風勢如劍，一大片惡蟲立即身斷肢殘，紛紛落地。
「好厲害！」公主拍手叫好。
五力神印的「勤」字在此時發光，黑龍與丹鳳猛增神力，口噴黑煙，蟲子一觸黑煙如遇毒水，虫身消蝕殆盡。

掃除這區惡蟲後，兩人龍鳳向地神揮別，循著天上星光指引，繼續趕往他區。

「那是我的家鄉！」公主往下指。

「還來得及，快！」

小黑尚在空中，看見一位獵人裝扮的地神已站立等候，手持月牙彎刀，等小黑們一落地，立刻帶頭衝向密密麻麻的蟲群，他的彎刀化作千百把飛刀，在蟲群裡飛旋砍殺，雄健華麗讓小黑與公主佩服不已。

拜別了獵人地神，小黑一群人往下一區飛去，還未到現場，遠遠就看到一個巨大的黑熊身影與風變蟾纏鬥在一起，那黑熊是該區地神，體型壯碩，風變蟾似乎不是對手，屢屢被熊掌打得滾地跑，等小黑一行人落地後，風變蟾竟然跪地求饒。

「朕是迫於無奈才叛變，這些蟲子也是生命，也需要食物，這是自然法則，朕等不過是順應天地之理罷！」風變蟾滿臉委屈。

小黑態度不禁軟了下來。

「這也是殺生啊！」風變蟾聲音極為真誠。

突然一陣光閃至小黑眼前，原來是從五力神印的「念」字射出的。

「自然法則自有道理，然不可強行為之，否則高舉正義旗幟，卻大做不義之行，豈不顛倒？」小黑心裡響起覺醒之語，那正是「念」字的意義。

風變蟾一見小黑臉色轉變，立即化為一陣風遁逃。

黑熊地神與小黑們掃蕩了該區蟲軍後，繼續前往下一區，就這麼一區接著一區，遇過各形各類的地神，有老婦、幼童、奇獸、樹人等，每位都身懷絕技，神術高超，一一協助小黑等清除所有惡蟲菌。

最後來到了小黑的故鄉，整個山坡綿延數公頃地，栽植各種類的咖啡樹，是台灣知名的咖啡產地，原本茂密整齊的樹林，此刻七零八落，一片狼藉，滿坑滿谷的葉鏽大軍全數聚集於此，四處橫行肆虐。

一位女戰士打扮的地神，正在山頂空曠處被白如蟾、地廣蟾、火帆蟾、風變蟾團團圍住，她手持短刃與弓箭，雖然強悍，卻無法對抗四隱神聯手攻擊，明顯落於下風。

「我們來幫妳了！」小黑從空中大喊。

黑龍首先衝向白如蟾，丹鳳則衝向地廣蟾，火帆蟾與風變蟾繼續纏鬥女地神，形成三角對戰，戰況激烈，一時無法分出勝負。黑龍身上無鱗甲，被白如蟾的如意珠撞得渾身是傷，丹鳳更是被地廣蟾頻頻壓制在地，頭破血流，女地神以一敵二，漸漸也被逼到山邊，情勢緊迫。

「怎麼辦？」眼看周圍葉鏽大軍毫阻礙地殘害樹木，小黑伙伴們無法突出重圍，心急如焚。

「你是目前統領者，你必須心穩定下來才行。」一個聲音在耳邊響起。

「好熟悉的聲音……對，我要穩定才行！」小黑對自己說。

心念一動，五力神印的「定」字發出極亮藍光，罩住黑龍與丹鳳，藍光在他們身上長出厚實鐵甲，緊緊包覆身體，抵擋猛烈攻擊，開始回擊，戰況大逆轉，變成黑龍、丹鳳、地神圍住四蟾神，眼見就要大勝，白如蟾竟然大口一張，把地廣蟾、火帆蟾和風變蟾統統吞進肚內。

「不妙！」黑龍與丹鳳大喊。

「為何不妙？」小黑不懂他們為何突然緊張。

白如蟾頭一縮，長出四顆摩羯魚頭，身體變成蝠身，肉翅一張，往黑龍與丹鳳撲來，女地神手一揚，四枝箭疾射四魚頭，只見魚舌一舔，急箭入軟綿，毫無作用。

「快想辦法！」公主看著地神就要被怪蝠魚給踩在腳下。

「五力神印只剩『慧』字，這一定有它的意義，但到底是什麼？快定下來想想……」明見戰局對己方不利，小黑還是盡量保持穩定。

「啊！」公主慘叫一聲，因為女地神被蝠翅擊中，跌落山谷。

「屠龍！」小黑內心的聲音再度響起。

黑龍被蝠魚的兩條舌頭纏住，龍頭與龍尾眼見就要被硬生生的撕裂。

「你一輩子都在餵養內心的邪龍，那是內心恐懼所產生的自我膨脹與虛偽防護，因為你習慣逃避艱苦與障礙，現在，你必須與過去劃清界線，回到現在，堅持內在的能力，重新面對自我，殺了龍吧！」

那聲音在一瞬間說完，五力神印的「慧」字發出耀眼白色光芒，所有戰鬥突然停下來，定格在當下的動作。

黑龍脫離魚舌的緊纏，從上面跳下來。

「嘿！怎麼了？」黑龍一臉狡黠的笑容。
「我要殺了你！」小黑咬牙、瞪大眼睛。
「朕是你伙伴，你忘了嗎？」黑龍回復初見小黑的盤綣狀。
「你是我內心深層恐懼所『想』出來防衛自我的，我根本不需要你！」
「看來你似乎想通了！不簡單！可是朕這身盔甲可也是你幫我戴上的，你要殺朕，恐怕也不容易。」黑龍露出詭詐神祕笑容。
「我知道不容易，但我準備好了。」小黑握緊拳頭。
「呼呼！赤手空拳想殺我，朕勸你還是放棄，沒用的！」
小黑一聽到「沒用」兩字，勃然大怒，一飛沖天，一拳往龍頭擊下。
「呵呵，好痛！」黑龍摸摸頭，笑著。
小黑拳如雨下，直往黑龍身上招呼，也不知打了幾下，拳頭血流如注，被龍鱗刮出一道道血痕，黑龍依然笑嘻嘻立在原地。
「夠了吧！如果夠了，就繼續對抗敵人，別把對象搞錯，敵人還在外面！」
「我沒錯，敵人不是別人，敵人就是你！」小黑握著血流不止的雙拳，依然不願降服。
「看來朕不下重手，你不會覺悟。」龍尾一擺，小黑身體直飛上天，頭重重摔下，昏厥過去。
小黑躺在小船裡，一片寂然的湖面上，靜靜望著天空，他感覺心裡毫無罣礙，沒有善惡、光明黑暗之分別，沒有任何自我狹隘的恐懼，沒有掙扎、沒有苦惱，好像清晨沉靜湖泊上的迷霧一散而開，清朗靜安。接著他從船裡站起，一股再生的力量從湖底升起，在湖面泛開一波波漣漪，他找到了本源。

「原來如此！」他看著湖面上自己的影子說。

當他眼睛再度睜開時，黑龍的鱗甲如同葉子般，慢慢凋零、脫落，直到露出原本粉白的皮膚。

小黑一步一步走向黑龍，接著以手當刃，一個飛身上下，龍首落地，他抱著龍首，沒有傷悲，卻是充滿著天空無垠般的喜悅。

手中龍首慢慢萎縮，變回赤角蟾原貌，然後繼續變形為黃足蟾、青尾蟾，一路往後退至地廣蟾，再變回蝌蚪，最後形成一顆晶瑩剔透的蟾卵。

「要重生了嗎？」小黑默想。

周圍定格的狀態，突然解開，被魚舌緊纏的黑龍變成了蟾卵，接著孵出地廣蟾，迅速往上階變形，直至煖位第一階畢方火鶴，身形越來越大，火光不斷爆出，接著是丙丁炎龜、回祿焱犛，最後變成煖位最頂階——燚翅拾凰。

一隻全身裹在七彩火焰的十翅鳳凰，從魚蝠嘴裡展翅飛出，原本的四蟾被打回原形，被火灼傷地四處亂跳，鳳凰從天而降，站在小黑面前。

「你辦到了！」鳳凰說。

「我把龍殺了。」小黑心中坦蕩，輕鬆無比。

「朕不能在此間久留，他們四位就交給朕帶回去給真君發落，此生我們無緣再見，你保重。」鳳凰說完，抓起四蟾，飛向天際，一轉眼就不見了。

公主握著小黑的手，兩人攜手往山下咖啡園走去。

「我帶妳去我小時候的咖啡園。」小黑邁開大步往前走去。

「怎麼這樣？」公主驚詫地喊。

小黑蹲下來，摸著被夜鏽大軍蹂躪的咖啡樹，枯萎無生命，他站起來往裡面走去，整座山坡的咖啡樹無一倖免，盡皆枯死。

「小黑，你看那邊！」公主指著不遠處，有一小塊綠色咖啡樹。

兩人快速跑去，果然還有許多株咖啡樹未受侵襲，生氣盎然，小黑蹲下來，摸摸葉子。

「這似乎是新品種，以前沒見過，咦！這是什麼？」

小黑看見根部有個異物，徒手往下挖，竟然挖出一個爐狀物。

「這是……爸的烘爐地王獎爐！！」小黑大喊。

「底下有寫字，我瞧瞧。」公主一把將獎爐拿過來。

「小黑，這是抗葉鏽的咖啡品種『新世界Mundo Novo』，要記得土地公的話，烘爐地就是你一展所長之地，烘爐在，你就在，你是唯一。」公主逐字唸出。

「爸！我會記住，我會記住。」小黑眼淚撲簌簌地流下。

不久之後，烘爐地山腳下出現一家新咖啡廳，名為「公主風咖啡」，女主人綽號叫公主，而男主人姓風，因此就以兩人名字為咖啡廳店名。

這天咖啡廳裡門庭若市，座無虛席，公主談笑風生，端著咖啡杯在客人之間穿梭，說也奇怪，客人們都用手語交談，臉上盡是陶醉的模樣。

咖啡廳後方是烘焙豆子的地方，兩位年輕人正在研究烘焙成果。

「你終於成功去除土腥味與澀味，這杯咖啡帶有花茶與水果韻，好喝！」一位留著鬍子，身材微胖的男孩說。

「那我們端出去讓咖啡廳裡那些土地神君們品嚐吧！」

小黑與鬍子男互相擊掌，捧著咖啡豆，往外走去。

THE END

第三屆・優選
〈小豪〉

謝曉昀

作者簡介／謝曉昀

小説公務員。得過一些獎，出過一些書，仍在為寫出好小說盡力中。

“我想抓住的　很微小
比方 鋼琴的鍵盤 不是多數的白鍵，
亦不是較少的黑鍵
我要描述的　是界在那白與黑鍵之間
那樣細微幽長的空隙
卻在人生裡層出不窮的旋律“

一

我的男人比我小了十四歲。

我們在一家吵雜的酒館中認識。去了很多次，他是裡頭的吧台，總擺張面無表情的臉，用嘶吼的聲音跟他點酒，他才會抬頭看一眼。

我記得他第一次抬頭，並不覺得他在看我，那視線筆直穿透過我，落到後方白色牆面或交雜的人群上。這樣的眼神不會讓人不舒服，很自然的幾秒鐘，自己的存在感透過他的注視後便消失了。

從那次開始，我對他印象特別深刻。

後來，我們終於認識，是每次一起來的朋友美真，她不知為何隨口說了個賭注。

當時我們對每個星期去酒館這樣的興趣膩了，音樂很吵，對於要應付來搭訕的男人也感到厭煩不堪，我們說好這是最後一次來，以後夜晚就待在家裡，喝酒就兩個女人自己喝吧。

「欸，我們去跟他買最後一次酒唄。」美真伸手指向他。

「喔，好啊。」

「我賭妳要不到他的電話。」

「賭這幹麻？」

我很訝異這樣的話會從美真口中說出，畢竟她不是個愛鬧、愛開玩笑的人，所以會任意說出賭注使我感到詫異。

「反正最後一次嘛，妳去要要看電話，我保證妳要不到。」

「那如果要到了呢？」

「不可能！」

「我說如果？」

「我明天請妳吃大餐。」

不知是美真那種絕對的口氣激怒了我，還是內心底其實也想跟他認識？還未弄清楚動機，身體已經走向酒吧，傾身拍了拍他。他這次抬頭的眼神有些驚訝，應該是酒館還沒有人跨越吧台，直接觸碰到他的身體吧。

我問他看過我嗎？他點點頭：我知道妳，妳常來跟我點酒。

我把手掌伸出：給我你的電話號碼。

他毫不猶豫地寫下來，告訴我他叫小豪，並且要我一定得記得他。

小豪住進我家時，行李中裝了條蛇。

那條蛇的長度與寬度，約略同一條正規的中型皮帶，亮金黃色澤，圓形的頭與眼睛，在透明壓克力箱中吐著舌頭緩緩蠕動，一副好奇的模樣。我看著他把箱子擺在茶几上，然後我們坐臥在客廳沙發中，他摟著我，就這麼靜靜地盯著蛇看。

他說他的母親離家前，突然買了條蛇回家，說是送給他的生日禮物；之後離家出走，家裡的衣物首飾什麼都沒帶，僅只有她的人就這麼消失了。

他說，也許母親自殺了，早就孤伶伶地死在冰冷的某個角落也說不定。

我不知道該回答或該說些什麼，於是問他：所以你喜歡蛇啊？

小豪聳聳肩，沒有回答。

倒是我，原來我喜歡蛇。

蛇沒有名字，所以我叫牠小豪，一樣的小豪。

我會在一早去市場買小雞與青蛙。

雞販子在雞籠最側邊的地上，用粗細不一的竹條圍成一簡陋柵欄，裡頭全是黃澄澄的小雞仔。牠們的叫聲和諧，同時發出啾啾啾的聲響，音階頗高，四處亂竄，一靠近就能感受旺盛的生命力。我通常會買一打雞仔。

雞販子把裝滿小雞的紙箱遞給我，我摟抱在懷中，那些聲響與不安的爪子，或重或輕地隔著紙板，點踏著我的胸腔與腹部。

有時候我特意感受牠們滿溢出的生命，透過觸碰，活生生地傳送到體內，體內則會發出灼熱的高溫，通體發熱；有時候抵達家門口後，也不急著進去，就這麼站著。排除所有多餘感官只剩雞仔點踏的觸感，由於知道牠們是不久後的將死之物，思緒觸及至此，那些點踏就慢慢變得寒冷，寒冷至極，一點一點地冰封了體內的溫度與內臟。

至於青蛙，則得碰運氣。

賣青蛙的販子通常都賣死的，也就是浸泡在酒甕裡，泛黃的肚皮翻過來，專提供給廚子們製作三杯田雞或酒釀蛙湯等菜餚；除非是鄰近海港的魚市場販子偶爾過來一趟，那他們就能提供活蹦亂跳的青蛙。

蛇不吃死掉的動物。對牠們來說，進食除了填飽肚子，還有娛樂功能。

把雞仔放進去，小豪通常不動聲色，盯著雞仔放肆地啾啾叫，轉圈圈，甩著尾巴，等到雞仔差不多累了，牠再慢慢用尾巴的尾端，把雞仔引到中央，然後用極其緩慢的速度，把一圈圈的身體靠攏圍緊。

雞仔逐漸感受到呼吸困難時，已經叫不出聲音了，唯一的徵兆是牠們被勒緊時的眼眶突出，小小的深紅色的眼珠子像快要掉出來似地；小豪這時候會伸出舌頭舔，舔的時間不一定，最後張大嘴巴。

「好噁心！」小豪皺眉：「我第一次看蛇吃東西。」

「第一次看？那以前餵牠的時候呢？」

「以前都是我爸在餵。」

「那你怎麼把牠帶來？你爸爸不會想牠嗎？」

「不知道，總覺得這是我媽留給我的唯一，就應該帶在身邊。」

「喔。」

「哎，別說這個了。」

小豪翻身，把我壓倒在床上。

一開始我們接吻，要把對方舌頭都吃掉那樣熱烈地接吻，之後剝光對方的衣服，進入瘋狂炙烈的性愛中。

小豪的慾望沒有預兆，隨時皆可引發；有時候淩晨從酒館下班回來，跟我說他真的好累喔，哄他去睡覺，明明一臉疲憊，卻硬把我拉上床。吃炒麵吃到一半，他的嘴裡含著麵條，“唔“，示意要我去吃麵的另一頭，我歪頭去吃，他就順勢撲倒我。

在愛慾最高漲時，他會像蛇一樣伸出舌頭舔遍我的全身，並且發出咻咻咻的聲音。

美真過了好一陣子才和我連絡，之後馬上就來我家。

她看起來很不開心，細長的臉上五官緊繃，問我怎麼都沒和她連絡？我說妳也一樣沒和我連絡，不是嗎。

美真瞪了我一眼，沒說話了，接著把眼光轉到小豪身上，失聲大叫：妳何時養了條蛇？好噁心啊！

正當我想回答時，小豪開門進來，美真轉頭看見小豪，臉色大變。

那個時候，我看見一臉蒼白，有些扭曲的美真的臉，以及小豪隨即笑著打招呼，她置之不理，轉身抓起包包就倉卒逃離時，我才猜想或許美真也喜歡小豪，早在之前，就已經喜歡很久了也說不定。

小豪問我：欸，妳的朋友怎麼了？怎麼連聲招呼都沒打就跑了？我說她被小豪嚇到了，他哈哈大笑，然後突然想起什麼地告訴我，在我們同居之後，美真更常去他上班的酒館喝酒，並且每次都喝醉，然後趴倒在吧台說些顛三倒四的話。

我問小豪怎麼從沒跟我提過？他說他以為我知道，因為之前看我與美真同進同出，他認為我們一定是好姊妹。

是啊，我們的確是，但是現在，我不確定了。

美真隔了一個月後與我連絡。

當時在電話裡問起小豪，我說他和大學同學出遊，大約兩天後才會回家，美真馬上說要來我家。

「我也養了一條蛇，」美真捧著熱茶呼氣，一邊說：「一星期前下班回家，在家裡附近的公園踩到一條蛇。」

「什麼？」我正在廚房煮午餐，兩包方便麵下鍋後放入青菜和蛋。沸騰的鍋子冒出氤氳的白霧。我避開熱氣，用杓子舀了好幾下，美真說的話含糊地從旁邊滑過。

「我說，我也養了條蛇。」她扯開嗓門大喊。

美真一星期前的傍晚六點下班，從公司走回家約十五分鐘。

她先繞去附近的圓環吃晚餐，然後買了些啤酒與零食，散步回家，就在快到家的時候，她感覺右腳腳底，踩踏上軟軟質地的什麼。

她隨即發現，所以沒完全踩下去。她縮回腳，蹲下來查看，發現是條小蛇。

「大概只有小豪的一半大小，顏色花紋都一樣，應該是很年輕的蛇吧。」

「所以妳把牠帶回家了？」

「對啊，我把手伸向牠，牠就自己慢慢地纏繞住手臂往上爬。蛇的身體很冰涼妳知道嗎？牠繞上來的時候，被牠觸碰到的皮膚全起了雞皮疙瘩。」

「因為蛇是冷血動物啊，但，妳就這樣養了牠啊？」我用筷子捲著麵。方便麵煮得太爛，捲到一半就斷掉了。

「是啊，我覺得我們有緣分哪。」

「妳取名字了嗎？」

「有啊，我叫牠董先生。」

我聽見詫異地睜大眼睛，美真瞇著眼，似笑非笑的表情，突然馬上讓我聯想到小豪。是蛇的小豪。

美真是秘書，在一家貿易公司當董事長秘書。

一年前，她應徵進去工作沒多久，就跟我說董事長在跟她搞曖昧。

我問她那是什麼意思？她說董事長五十多歲了，結婚多年又有兩個小孩，但他們獨處時（這種時候又多到不行），董事長先約她吃午餐，刻意提及自己的婚姻早已貌合神離，接著又強調自己在這狀態裡很是寂寞孤單，希望有個可以說話的對象。

接著，密集持續地傳訊息給美真，從一開始的刻意邀約，變成習慣性地一起用餐。用餐久了，董事長開始不時地送禮物給美真。有時是一束她最愛的香水百合，有時是一只昂貴的名牌皮包；而每天固定不變放在桌上的，是她最愛吃的太妃糖。

等到進公司兩個多月後，有一天半夜美真突然打電話給我，說她與董事長剛去巴黎度假回來，不斷形容這趟旅程有多浪漫美好時，我並不覺得驚訝；不知道為什麼，在聽見"搞曖昧"這三個字之後，似乎就可以確定未來必定的全盤發展。

美真稱她的男人為：董先生。

等到美真發現自己被狠狠欺騙時，是董事長夫人終於出現在公司。

她說董夫人很美，跟董先生形容的完全不一樣。

儘管上了年紀，裸露的手臂以及包在窄群裡的腰身顯得豐腴，白皙的肌膚仍充滿光澤，五官精緻，舉止動作優雅，就像中古世紀古典畫裡的女人們。

那個張牙舞爪、醜陋噁心的女巫婆，只不過是董事長用來博得同情與靠近所掰出來的謊話連篇，也許，美真在電話中嘶吼：也許幹他媽的他對每任的秘書都說一樣的話！

美真憤怒到發了狂。

那個晚上，我陪她跑了五家以上的酒館，不停地灌下各式各樣的調酒，受不了了便出來，扶著路邊的電線杆嘔吐，吐完喝水擦乾淨，再進去或換家喝。

那個時刻，充滿了肅殺的氣氛。

美真其實也只是邊亂灌酒，邊調侃自己，或胡亂罵些關於男人都爛之類的話。這些氣話經常聽見，但那晚特別不一樣。我感覺此時，在這些相同的話語深處，美真是用盡五臟六腑的氣力在詛咒；原本是漫無邊際的髒話與氣話，全都在她付出嚴肅認真的情感，爾後終究壞毀潰堤之下，變成各種灑在未來之流的預言徵兆。

在那些語言被吐出時，感覺四周原本平靜的空氣特別鼓譟，躁動越來越劇烈，似乎在無形間已經望見或許悲慘不堪，也或許什麼都空空如也的未來。

儘管如此，美真後來仍繼續與董先生在一起。

二

只要小豪不在家的時間裡，我會和蛇的小豪說話。

我把臉貼在透明板上，訴說出來的會呵成白茫茫的一團，隨著呼吸、吐氣，白霧消失，裡頭的小豪也會湊上來把臉貼緊。

我們臉貼著臉，注視彼此時，可以聽見牠正在回應我所說的。

小豪的眼珠是深綠色的，但當牠正與我對話時，深綠會褪色，變成一種未曾見過的澹綠，像被深山包圍，而受到夕照反射的湖泊表面；再更貼近一點，我彷若可以聽見牠的聲音。

聽見聲音後，裡面的小豪似乎知道我聽見了，彎曲的身體蠕動得更急速，這時候，我就會把箱子打開，伸手下去讓牠纏繞蔓延上來。

小豪非常冰冷，軟而結實的身體呈圓弧狀盤繞上手臂。剛開始會有被電擊後產生麻木感，然後肌肉再放鬆，逐漸酥麻，接著再從皮膚內層散出一陣陣漩渦狀的鑽刺感，甚至產生要迸發出鱗片般的無比搔癢。

欸，小豪，你喜歡這裡嗎？喜歡我嗎？

牠繼續往手臂上爬，繞過肩頸，輕輕在脖子上轉幾個圈，吐出舌頭舔我的耳朵、臉頰、眉毛、鼻子、嘴唇。小豪的舌頭又細又長，濕潤中散著熱氣，滑溜過五官讓我想起一早起床，還未喝水就撲到我身上，開始非常專心親吻我的小豪。

牠告訴我牠喜歡，非常、非常喜歡噢。

然後，我會用手指與手掌撫著冰冷的身體，提及許多關於我與小豪，是人的小豪的事情。比如上次他說以後都要做飯給我吃，他卻好笨手笨腳噢，我笑出聲音：

「他一看就知道沒進過廚房，也沒煮過東西，卻揚言要煮滿漢全席給我吃，結果沒熟還有烤焦的一堆，但是沒有人這樣對過我啊。

表面上假裝氣呼呼地說：『哎呀，你這個笨蛋！』或是『你喔，浪費好多食物噢！』但是心裡卻感動得不得了，仍把那些亂七八糟，幾乎不能入口的東西全吃光光。

他真的對我好好，有時候邊吃他做的難吃料理，還要邊忍住快流下來的眼淚。他常用好撒嬌的聲音叫我：黎黎、黎黎，聽久了就像妮妮；妮妮我好愛妳噢，妮妮我累累，妮妮我想親親……每次聽見這聲音都要溶化了。」

說到情緒激動——在這種時候，四周就會充斥著蛇的氣氛。

小豪一離開箱子，家裡的氣氛會隨之改變，很微妙的，就在一吋吋的蠕動滑行之間，巧妙地把長期處於溢滿人味的整個氛圍，隨著待在外面的時間越長，人味就越來越稀薄；到最後，甚至稀釋到僅存「我」這個人還能清楚意識到「我是人」這件事，其他的，全被小豪沾染上一層淺淺的，蛇的薄膜。

小豪第一次脫皮時，正好纏繞在我的手臂上。

靜止了充滿柔情的蠕動許久，我不再說話，靜靜地觀察。

牠闔上淡綠眼珠，縮緊身體，從圓型的頭殼上方騰空出一層淺膚色的軟膜，我感到牠除了更勒緊我的手臂，長長的身體同時打了個寒顫，似乎產生了非常細小的刷地一聲，小豪迅速往上攀附到脖子上，就像以往一樣；手臂則留有隻膚色接近透明的，另一隻小豪。

觸摸到脫下的薄皮，那質感很特別，像帶有韌性與脆度的絲質衣物。

從手臂取下，形狀仍是蜷曲蜿蜒的模樣。我小心翼翼地把這層皮收在箱子裡，置放進去時，我望著空缺眼珠的捲曲小豪，牠空洞洞地回望，似乎有話想說。

我與小豪持續穩定交往，我們相處得很好。

在這之前也交往過幾個男人，但是都無法給我需要的安全感。從小就沒有父母的我，完全無法信任人。是祖父母養大我，當我問起父母親呢？他們倆老的回答就是在一場旅行中車禍過世，當時我太小，沒有帶著一起旅行。關於這個，祖母總會加上一句：也還好沒有帶去，不然現在就沒有妳嘍。

小時候對放學時的印象特別深刻。

年輕的母親們等候在校門口，學生蜂擁而出，眼裡盡是高自己許多的漂亮媽媽，每個打扮都不一樣，但是共通點就是年輕貌美與打扮時髦。

我當時很疑惑她們怎麼永遠都那麼光鮮亮麗，或許接孩子這件事對她們而言非常重要，當然，長大後我才知道並不是接孩子有多重要，而是要跟其他母親比較誰漂亮這件事才重要——但小時候的我不在乎這些，祖母會站在這些如假人的媽媽群最後頭，駝著背笑瞇瞇的等我。

當我看見熟悉的祖母，安全感會油然而生，但是與安全感同時從心底湧出的，是種巨大的悲傷：與其他人年齡差異最明顯的此刻，還年幼的我，就已經知道祖母無法陪我多久，不像其他年輕的母親可以看著自己長大。

這種哀傷也屬實的預感，在這個時候會特別濃厚，濃厚到我每次放學，在跨越擠過所有母親，走到祖母身邊的過程裡，會拼命的流淚，直到真的靠近祖母了，才把眼淚擦乾淨。

我每次都哭，哭得肝腸寸斷。

祖母眼睛不好，她從來不知道這件事。

祖父在我國小畢業時過世，祖母在祖父過世後健康狀況也變得糟糕，不到半年，祖母也走了。

祖母在過世前，告訴我她很抱歉一直對我說謊；我的父母沒有發生車禍過世，而是兩人太年輕就生下我，之後分開，兩人都不想帶個脫油瓶，所以祖父母才把我接過去。祖母艱辛地拿掉氧氣罩，用最後一口氣跟我說，希望過世後我能去找回父母，不要一個人孤單地活在世界上。

換句話說，我不是父母雙亡的孤兒，我是被扔掉的棄子。

聽見事實後，我整個人的性格都變了。

外表上沒有改變，但是心底破了好大一個洞。我完全沒有想要找回父母的意願，關於這個，感覺是我勉強自己接受這樣殘酷的實情，咬牙接受與包容，並且嘗試與它和平共處；但是在平衡的自我掙扎中，我慢慢地喪失了很多東西。

最嚴重的就是信任與安全感。

長大後與男人談戀愛，當他們一旦離開身邊，不由自主的胡思亂想就會充斥在腦中。對方在開會，會想像他正與別的情人上旅館做愛。打電話說會晚點回家，想像他正對著旁邊的女人擠眉弄眼。出差永遠都會上酒店找女人。買禮物給我說是驚喜，其實都是為了彌補自己的罪惡感。一踏出家門的他們，絕對是前往另一個女人的家。

明明知道不會發生，不是事實，應該要相信他們的，心裡卻一直往壞的地方想，好像天生就擁有這項本能似的，怎麼樣都無法讓這些想像從腦中抹去。等到他們真的回來我身邊，就用充滿質疑的口吻或套話的方式，企圖讓他們說出符合想像的敗德的部分；再一次次大吵與磨光耐性的同時，緩慢流失與他們之間的情感。

但是，我對小豪卻百分之百的信任。

這信任不是具體累積的默契，或一起經歷過什麼才擁有的，應該說連對他不在身邊，自己還能感到莫名其妙的安心，覺得渾身不自在；但是這信任與不自在又區隔得相當清楚。

怎麼說都不是我想信任他所以信任，也不是他值得信任，比較像是我在不知不覺中，被強硬塞入了這個對他的信任，於是產生了這樣陌生的感覺，陌生到連自己都無法解釋。

還在唸大學，以及夜晚在酒館上班的小豪，身邊一定有許多年輕的女孩吧，但是我卻對他信任得不得了。這是一種抽象，且十分模糊、無法形容的意念，當然，也不是因為小豪做了什麼其他男人沒有做過的事。

關於這點，我曾經私下努力思考過許多次，後來，當我把是蛇的小豪放出來，牠照舊往手臂上攀沿，一次又一次，我開始漸漸明白：

蛇的小豪在人的小豪不在時，而我的疑心與想像就要昇起之前，就從我的身體吸收了那些東西。

牠舔著與纏繞的同時，正把惡劣與或許不真實的想像給吞噬進去。

當我意識到其實是蛇的小豪吸走這些時，便特別注意自己意念被吞蝕時的剎那，那感覺非常細微，很像小豪舔的皮膚上沾有灰塵，牠得加重力氣把它們全舔乾淨；或者用光滑的身體纏繞得慢一些，讓灰塵黏附到牠的腹部，再進入體內。

如果不特別注意，其實不會發現。

我真的希望如此嗎？不管真相是什麼，我就把自己殘缺的部分交給蛇的小豪，任由牠吃食掉不舒服的部分；這樣的循環是對的嗎？

當小豪舔噬完，緩緩滑到箱子裡窩成一圈，這念頭會淺淺地沾上思緒，僅只非常輕淺，晃過即逝。

幾個月後，小豪告訴我他想結婚，黎黎我們去登記結婚吧。我問他真的嗎？即使我們差了那麼多歲？

「這樣很好啊，妮妮妳知道嗎，我好愛、好愛妳，就像，就像愛我的母親那樣。」

他說完緊緊摟住我；不知道為什麼，我腦海中反射出來的，是蛇的小豪正往上纏繞的那種刺激性觸感。

他最常與我提及的，就是關於母親那部份的記憶。

小豪的父親是相當有名的雕塑家，他不曾見過父親，只看過照片。記憶裡只有母親與他的畫面。母親其實只是父親其中一個情婦：這也是小豪偶然看到報紙上出現父親名字的新聞，才赫然發現這個事實。

報導的圖片是年邁的父親西裝筆挺，染黑了頭髮，緊抱一個穿新娘婚紗，笑得好開心的年輕女孩的照片；底下的文字：國際知名雕塑家告別與女畫家三十八年婚姻，與年僅二十三歲的知名模特兒再婚。

母親不是那位女畫家。從小豪有印象起，母親沒有工作，也沒有朋友，她可以坐在陽台發一整天的呆，直到小豪喚她，好像才從深層的夢裡猛然醒來，轉過頭，表情還沒適應的呆滯，是小時候的小豪，記憶最多的畫面。

小豪把新聞看了又看，視線都要把鉛字給刻上眼角膜了，才閉起眼睛，發酸地流下眼淚；也在這個時間點，母親的精神狀況出現異常。

剛開始，母親定格在房間角落，完全不動也沒有表情，只是不斷流眼淚。縱滿兩邊臉龐的透明液體，似乎就要嵌到上面，鑲進臉頰了，如同父親其中一件名為「哭」的雕塑作品。

小豪在多年前父親展出時，曾偷偷伸手去撫摸雕塑上面的眼淚。臉頰佈滿精心雕刻突出的，大小顆粒不同、冰冷淚水的青銅，是小豪對於淚水的具體印象。很寒冷，寒冷到手指頭都凍了——是不是跟哭泣的人的心一樣？

母親就這麼哭了兩個多星期，後來是小豪跪在母親面前磕頭，她才開始願意喝流質食物，以及努力不要再讓臉頰上充斥著水行。這只是剛開始，母親仍躲在房裡，沒有鎖門，小豪時常進去關心她。

他說，他們兩人相處的最後一晚，母親伸出雙手環抱住他，緊緊貼著，就這麼抱了一夜。小豪整夜無法入睡，即使母親已發出勻稱的打呼聲，但他就是無法闔眼。

他形容不是因為姿勢不適的關係，而是感覺到母親的雙手逐漸凝結：從充滿溫度、熱氣與情感，到後來裡頭緩慢開始凍結，而外在的則開始剝落，剝去一層層活生生的觸感和質地，最後剩下如同塑膠質感的，冰冷的什麼正懷抱著他。

小豪瞬間恍然大悟，他告訴我，那是母親的心境，母親對情感的徹底絕望，透過正表示情感的動作，來顯現其實已經無法再有情緒與情感。

她已經失去愛人的能力了。

小豪知道母親已經死了。在某個意義上來說。

在這個夜晚的隔天，母親就這麼離家失蹤。離家前，給了小豪這條蛇。

三

每一個月的第一個星期一早晨，我照常去市場買雞仔。

熟悉的雞販子張大媽跟我打過招呼，正在抓雞仔時，突然停下手邊工作，回過身歪頭看我。我問她怎麼了？她跟我說她覺得我似乎變了，跟第一次見到印象不太一樣。

「妹仔，妳是不是發生了什麼事？」張大媽放低音量，把我拉到旁邊。

「發生什麼事？沒有啊，我的生活跟以前都一樣。」我搖搖頭，望著那皺眉頭，一臉疑惑的平板五官。張大媽索性把盒子丟到一旁，把我拉到面前。
她狹長的黑眼珠裡透出我的身影，我瞪大眼睛回望著。
「妳這陣子常來買這些雞仔，是要做什麼？」大媽把眼睛瞇得更細了。
「做什麼？」我心裡起了掙扎，不想說實話。
「是不是要拿來餵養什麼？」
「餵養？不是，是正在替一位生物研究所的教授做專題製作，雞仔是那教授要我幫她……」
「嗳，我年輕時養過蛇，都是餵食活生生的小雞仔，」張大媽打斷我：「而那條蛇，則是我交往的男人帶來的。」
「什麼？」我很驚訝地看著她。
「長與寬大約這樣，」大媽沒理我，逕自用手在空氣中筆劃：「顏色很美，很像黃金，嘿，妹仔，妳見過真正的黃金嗎？」
「黃金，黃金嗎？」我在心裡浮出在西曬的黃昏中，小豪蜷曲在手臂時所發出的光芒：「我想我應該，」話還未說完，大媽揮了揮手：
「其實也不真的像黃金，這比喻太粗淺了，」她露出種難以形容的表情，既感慨，又充滿無限柔情：「蛇是種很奇幻的生物，牠與人類相處久了，那最初與最原始的本性就會露出來。
應該說，牠們在地上爬行太久，早就遺忘了牠們尖銳又魔性的本能，那到底是什麼我到最後還是不怎麼清楚，總之，蛇只要一被人從地上拾起，之後被人飼養，牠們就會慢慢記憶起原有的天性。

但，但那個，那個是會讓人精神錯亂的。」大媽搖搖頭，從工作服裡摸出根菸，抽了起來：「也就是說，蛇到最後會想盡辦法取代人，嗯，我想大概就是這個意思。」

「大媽，妳到底在說什麼啊？」我的心底沁出恐懼。

「那個時候啊，我差不多跟妳一樣的年紀，我的男人帶了條蛇給我。我一看見那條蛇就好喜歡、好喜歡哪。

其實我小時候被蛇咬過，休克送醫急救，聽我媽說還差點就不回來，所以很討厭也恐懼蛇的；但是一見到那條蛇，對蛇的偏見與厭惡都忘光光了，一心只想討好牠，想辦法與牠相處融洽，甚至到後來還為那條蛇做了相當多事情，」

大媽說到這裡，前頭的老闆回頭喊她。

「下次再跟妳說吧！」大媽丟下這句話，匆匆把菸熄掉，疾步到攤子前。

消失許久的美真打電話給我，約我到市區的連鎖咖啡館見面。

我才剛坐下，她就迫不及待地告訴我，她的董先生越長越大，她很確定已經比印象中的小豪還要大隻了。

「我的小豪還是一樣的體態，妳是餵牠吃什麼？」

「我男人董先生愛吃什麼，我就餵什麼。」

「呃，那董先生愛吃什麼？」我愣住了。

「他呀，特別愛吃生的食物，像生龍蝦、生魚片或海膽，而且一定要宰殺不久帶血的……對了，他也特別愛吃同類。」

「什麼？妳餵牠吃同類？」我為了掩飾驚訝，所以特地向服務生招手，一個清湯掛麵的小女生向我走來，我向她要了杯冰水。

「對啊，而且董先生也好喜歡牠，主動向一家日本料理預定所有生食，還有向一家蛇店定了所有剛出生的蛇，所以我的寶貝不怕餓著。」

「可是妳怎麼會讓牠吃同類？」

「因為剛開始董先生以為牠需要同伴，便買了一隻小蛇回家，沒想到一放進箱子，董先生直接滑過去，毫不猶豫地一口吃掉，感覺十分美味地咀嚼許久；小蛇的尾巴在董先生的嘴外顫動好久，牠才捨不得地慢慢吞下。

我與董先生都呆了，回神過來後，才知道牠喜歡吃同類，所以當然就準備同類給牠吃嘍！」

「但，妳不覺得給蛇吃同類有點，有點說不上的怪嗎？」

「怪？哪裡怪？我覺得很正常啊，重點是牠愛吃就好。」

「喔。」我不知道該說什麼了，淡淡地回應。

「那妳的小豪呢？」

「他很好啊，快期中考了，暫時辭掉酒館的工作，放學後回家都在唸書，還頗用功的。」

「不是，我是問蛇的小豪！」美真不耐地翻了個白眼，叉起蛋糕，伸出舌頭把塊狀蛋糕捲進

「七組杯測完成，成績揭曉……嘿！」錢大人顯然咖啡喝太多，興奮過度。

「第一組八十九分，第二組八十八分，第三組九十一分…」

「耶！」公主欣喜大喊。

「第四組八十五分。」

小黑心沉到底，雙肩下垂，眼前似乎有個黑洞，欲將他吸進去。

「第五組八十三分。」

「什麼！！」白如蟾一改斯文，聲音粗糙無禮。

「失格，請出場。」錢大人反而變斯文了。

「抗議！這比賽不公，計分方法有瑕疵，朕要上訴。」白如蟾推開四位前來護送的蟋蟀仙。

「白蟾君，請尊重裁判及會場秩序！」錢大人臉色凝重，手上銅錢放至身後。

「不讓朕繼續比賽，朕就不退場。」白如蟾嘶啞地喊。

「那就甭怪本官無禮！」

只見兩枚銅錢從錢大人身後飛出，在他身旁旋轉，越轉越快，越轉越急，形成一個金球，並發出咻咻聲，金球越旋越大，越變越高，最後在閃耀金光中，現出一隻全身佈滿銅錢麟片的金銀雙頭蛇。

公主嚇得跑到小黑身後，緊緊抓住他。

「錢大人竟然是大蛇！」公主全身顫抖。

口中。

所以妳關心蛇，比關心人還多啊？

我本來想這樣質疑美真，但還是把話吞進去；簡短回答了她的問題。

接著，以為她特地約我，會說些關於戀情的進展，至少這是她以前約我出來的重點，意外的是，她全都在描述蛇的董先生，如何與牠相處，以及眾多關於牠日常習性與細微變化。

我盯著興高采烈正描述的美真的嘴臉，不知道為什麼，她說話的神情越來越像蛇，好像一條準備進食，食之慾望炙烈到通體燃燒的巨大蟒蛇。

那麼，妳的人的董先生呢？

美真聳聳肩，吞了最後一口蛋糕。

她說他們維持現況，她假裝沒有見過董夫人，董先生也如同以往，假裝那些不愉快的事情都不存在。但是，但是啊，自從有了蛇的董先生後，根本不在意人的董先生了，而且，董先生很喜歡那條蛇，自己更常主動跑她那裡。

「有時候，我覺得他真的有夠煩的！」

「煩？是人的董先生嗎？」

「就是啊，不然呢？」美真嘖了好大一聲：「他常常在董先生攀附在我的腰際上，正在說悄悄話時，突然出現在我家，那時候啊，真的感到好厭煩、好厭煩，覺得他真會挑時間哪！」

「可是……」

「還有他很奇怪，每次都跟我搶董先生；我已經很清楚地宣示主權：董先生是我一個人的，結果妳知道他聽到居然怎麼樣嗎？」

「怎麼樣？再去買蛇來養？」

「哈哈，怎麼可能！妳是白癡喔？」美真又翻了個白眼：「他聽見我這樣說，居然動手打我！」

「動手打妳？董先生？」我非常驚訝。在記憶中，美真長久以來形容的董先生，說好聽點是斯文，說坦白點：怕事，沒膽且畏縮。

「對，他呼我巴掌，抓我的頭去撞牆壁，接著又拿杯子砸過來，還好我躲開來了，杯子就撞碎在血跡斑斑的牆上。」美真撇撇嘴，舉起剛作好的指甲，放到眼前看了又看。

儘管美真形容的畫面很暴力，但是她的人卻不當回事，表情與舉止都像在形容天氣或食物般日常；我感到寒意襲上，剛剛聽到的都太不尋常了，似乎有什麼事情已經開始發生，正悄悄蟄伏紮根了。

「美真，那妳對董先生，我是說對蛇的董先生，有沒有什麼具體的打算？」

「當然有，我每天都在想這個問題呢！」

美真抬頭對我露出個燦爛的微笑：「既然那個該死的男人也想跟我搶，等我存夠錢，就跟董先生搬到更好、更溫暖的地方去住，我想跟牠一起有個家。」

「有個家？跟蛇的董先生？」

「欸，妳對我的計畫有什麼疑問嗎？」

美真此時瞪著的眼神露出殺氣。我們對望著，她的眼珠從黝黑，逐漸褪色到深綠，中央射出一道細微的，灼刺的綠光。

我感到害怕，於是撇過頭，藉口還有事情要做，匆忙離開咖啡館。

小豪啊，你在這裡的這段時間，有什麼樣的感想嗎？

牠閉眼圍繞在脖子上，聽見我說的話後睜開。

小豪的攀爬感，經過日積月累，已經從環繞的漩渦狀刺痲感，變成單一的搔癢到彷若要迸發出鱗片般。

我忍著如同痛並快樂著的感受，讓牠再吐出舌頭，就像以往一樣輕輕從上到下，反覆地舔著我：

很開心，因為我非常喜歡小豪，也非常喜歡黎黎妳噢。

大家都說我們蛇啊，是不好的東西，是會鳩佔鵲巢，想盡辦法取代人的那種壞東西，但是我不是。

小豪用分歧的舌頭，在緩慢滑動的同時，回應我的問句，但不是用具體的人類所使用的語言。舌頭舔舐，隨之一種抽象的意念與之組合成形，就好像看見完整的說明書，再見到散落一地的眾多積木，便能想像與知道它們將可以拼湊出城堡，或是大樓之類的。

當初我會留下來，就表示一定會照顧他，而我也很高興他能遇見妳。但是啊，我仍然是條蛇，還是有蛇的那種危害人的天性，所以，我儘量藉著一次次脫皮，把體內存有的壞的部分，努力從身體中去除。

小豪蠕動身體，從脖子往下滑去，從手臂到達腰際，接著，在大腿內側盤桓成一個圓型，再從正正的圓圈中央，挺直伸出圓形的頭與眼珠子，望著我：

黎黎知道嗎？我不是普通的蛇喔，如果真要形容，我算是小豪的母親。

正確來說，不是真正完整的母親，他完整的那個母親已經死絕了，在某個冷冰冰的地方自殺了，而我，是由她的某個部分所凝聚而成的。

那個時候啊，失去丈夫的她實在太難過了，難過到不知道如何承受才好，而難過中又撒滿了憤恨，憤恨裡又夾雜著痛苦不堪，所以複雜的情緒使她只能哭。

其實哭也只是一種方式，實際上，她不管做什麼，都不會好過一些。

當時還是孩子的小豪跪下來磕頭求她不要哭，這就真的很為難了，畢竟小豪也是心頭肉，所以她只能捨棄哭的這個方式；但，一旦捨棄了，那麼隨之強烈襲擊而來，也就是，就是連呼吸這東西也都得一併捨棄了。

關於這個，心是完整的人是無法明白的。

也就是說，把自己的心的最深處給讓渡出來，卻受到深深傷害的人，除了有解決這樣痛的暫緩方式，否則只有斷然與這痛趕緊分離，因為只要是人，只要有感覺，都承受不了這樣巨大又猛烈的傷害。

所以她才丟下小豪，然後把自己某部分化成我，我這條蛇，然後獨自赴往冥界。

總之，我不可能像其他懷有惡意的蛇，取代妳或他或任何人噢，這個妳應該了解吧；

也因此，我才會這樣不用任何理由地摯愛著妳與他噢。

我因牠貼緊皮膚往下方移動，逐漸感到從來未有過的，碩大無比，搔癢和無法形容的渴。這讓我感到有些不舒服，喉頭乾渴到像有砂紙在刮磨似地，困難到無法吞嚥口水；而搔癢感比以往都更加劇烈。

我不可思議地瞪大眼睛，看著自己蒼白的皮膚表層，似乎因為由肌肉底層擴發散出無比的癢，而就視覺上像看見細微的毛孔逐漸擴大、再擴大，形成菱形帶有亮澤的，類似蛇的鱗片。

我僵硬地伸出手，揉揉眼睛，再集中精神，望著淡綠色的眼珠，那晶瑩剔透的裡頭，已經不是對面的我的身影，而是一個從未見過，正對著我揮手，穿著一襲深藍色連身洋裝，端莊秀麗且笑容和藹的女人。

是小豪已逝去，且被傷透了心的母親嗎？

一時間，我痛哭了起來，就在痛哭流涕而急促呼吸時，我看著小豪爬到我的身上，用長長的身體糾結住我的脖子與胸腔。原本很習以為常的動作，此時卻感到身體的觸覺喪失了感受功能，只剩唯一清晰的腦袋，正瘋狂冒出一個個疙瘩；就像各種頭痛的方式一起襲擊整個腦袋，因為太密集使得疼痛感立體了起來，立體成形為一個個的疙瘩。

那些疙瘩隨著小豪的攀爬開始顫抖。

在腦中顫抖起初很不舒服，暈頭轉向，但是晃到與身體頻率協調後，竟從害怕中沁出一絲絲愉悅——就在愉悅到達最舒服的尖端，我瞬間明白小豪透過這些意念與動作，就是想要把我拉到牠的世界去，想得不得了。

我控制不了自己，一直持續在哭，但哭泣從悲傷變成哀求。

對不起，我不要，不要進入蛇的結界……

小豪放棄強求，在我哭泣時，停止說話和發出訊息，緩緩地從大腿內側離開，依舊往手臂上攀爬，最後爬到脖子上，一圈圈形成圓型，然後伸出分叉的舌頭，把不斷滴到下巴的淚水舔舐乾淨。

四

家裡信箱躺了封印有學校名稱的信。

寄來很久了，我們都沒注意。除了灰塵滿佈，上面的日期顯示是四個半月前。

我偷偷拆開來看，才發現是退學通知，裡頭有小豪未修滿的學分與翹課，未參加期中、期末考等違規事項。紅色字樣滲透過白色紙張。

我瞬間感到相當憤怒和難過，血液直衝腦門，這表示當我每天正常上下班賺錢時，以為他也出門上學其實不知晃蕩去哪，也或者在家睡覺，更或者我那些陌生的信任根本在欺騙自己——一觸及這想法，所有曾經晃蕩過腦子，但來不及成形的想像全併發而出：

我一走出家門，小豪馬上打電話要女人來家裡。“今天因為和同學出去所以要晚點回家噢”，掛上電話就被女人勾著走進旅館。調酒調到一半，停下來給陌生女人電話，就像當初的我一樣。喝醉回家，被我扶著上床時腦中以為是另一個女人……

不管哪樣，他就是欺騙了我，同時也被正常體制給踢了出來。

情緒不知如何平復之餘，便把一疊通知，整齊平鋪在客廳地板上，一張連著一張，集中視力對焦，紅色字體漸漸從紙張上掙脫，緩慢地由底往上升，快到眼前，鎖緊的視線渙散開，所有的字體從原本的字型中潰堤，變成脫節殘廢、顛倒散亂的橫豎直劃。

透明箱中的小豪盯著一切顯得激動，牠不停地用身體撞向箱子，撞多次了出現條整齊的裂痕，裂痕後來迸開成裂口，與牠體積相同的裂口。

小豪鑽出來，毫不猶豫地直接爬向那一張張紙，接著沿著邊緣張大嘴巴，把它們都全都咬碎吞了。

一開始我愣住了，沒有反應，直到小豪吃到只剩幾張通知，我清醒過來，爬到牠面前，問牠為什麼要這麼做，知不知道自己究竟在幹什麼啊？小豪沒有回答我，只是繼續默默吞完所有的通知，打了個飽嗝，又慢條斯理地鑽回箱子中，蜷曲著睡著了。

老實說，就在小豪撞破箱子出來，一一吞掉所有筆劃的同時，我的心也從激動的高亢點中逐漸下降，那些字跡就像我糾結的情緒與想像：牠每吃一橫，我的想像就殘缺一塊，憤怒的情緒就下降了一節；每吃一豎則把想像裡最不堪的畫面，被硬生生地擷取出來，情緒被左右外力扯平的無法再使用。

一橫一豎、一字一劃，我原本滿漲的腦子越來越蒼白。

牠吃光最後一撇，我所有的憤怒與疑惑全都沒了，像沒發生任何事，也沒收到任何信。等小豪回到家，照往常幫他開門與他擁抱，又與他一起把小豪放出箱子，讓它輪流攀爬到我們的身上，而心裡充滿了碩大的幸福感。

熟悉的張大媽的身影，不在紊亂的雞攤子中。

我掂起腳尖，伸長脖子左顧右盼，紛亂的人群中沒有她。

「欸，妹仔，就是妳，妳是不是需要一打小雞？」買雞的人潮從前方逐漸散去，老闆終於坐下來休息，點菸抽時，轉頭望向角落，咧嘴笑著對我揮手。

「唔，對，還有請問，」我怯怯地向前靠近攤子，視線往四面八方注意：「請問張大媽在嗎？」

「她不在，怎麼？妳們認識？」原本充滿笑意，聽見我提及"張大媽"，老闆收斂起笑容。

「對，我常來買小雞，偶爾會跟她聊天，她今天休假啊？」

「嗯，妳今天只是來買雞的？還是要找她聊天？」老闆的眼神變得銳利，口中的煙霧濃厚地往四周飄散；「妳到底找她要幹什麼？」

「沒有，我有問題要問張大媽，請問她……」

「妳要問她問題？該不會，」老闆把抽盡的菸俐落地彈掉，轉頭盯著我：「該不會跟妳常來買雞仔有關吧？」

「其實有些關係，因為之前張大媽跟我說，」我吞了吞口水說：「跟我說過她年輕時曾養過一條蛇。」

「妳該不會也養蛇吧？」

「老闆你在問我嗎？」我本想比照之前回答張大媽一樣的回答含糊帶過；但我只遲疑了幾秒，老闆低頭點菸，抬頭時我嚇了一跳。

原本臉上都是笑，即使不咧嘴，眼睛也彎曲的充滿善意；但這個抬頭，我像見到另個人，一個臉部肌肉線條緊繃，聳動且異常地挑起五官，凸出且猙獰。他用截然不同的神情狠狠地瞪著我，那霎時，小豪舔完停止呼吸的雞仔，含進大張嘴巴的畫面，從腦中清晰浮出。

我打起哆嗦。

妳知道張大媽她養過蛇，但不只有年輕時。

她養了蛇，對那條蛇深深著迷到無法自拔。直到給她那條蛇的男人過世，她再遇見我，我們結婚，她始終都與蛇形影不離。

蛇真的是既恐怖又迷人的生物。

一開始我見到蛇，本來對冷血動物毫無感覺，但是那條蛇卻有奇怪的吸引力，莫名其妙的，我也與她一樣深深著迷，把努力辛苦掙來的錢，全都拿去買高級的料理給蛇吃，跟牠說話，還有不斷、不斷讓那條蛇，爬與纏到身上的任何地方。

直到有一天我工作回家，隱約聽見窸窣夾雜割滑金屬的尖音，很小聲，但持續從房間傳來。我偷偷推開房門，看見兩條蛇在房間裡緊貼交纏時，居然完全不感到害怕或生氣什麼的，甚至邊偷覷著，邊認真地想：

「如果我也可以變成蛇就好了！如果我也能像她一樣就真的太好了！」

這樣瘋狂的念頭，要確定聲響與畫面完全與自身隔離，或它們停止動作，才會消失。最讓人恐懼的是，那樣出現與消失的突兀，皆自然到在平時無法獨自思索，例如：我到底要不要被蛇取代？或真的那麼想變成蛇嗎？

這些問題是不可能在抽離後想像的，也因為如此，到最後，我老婆被蛇取代得無知無覺。先從皮膚的大面積變化開始，再來是下降的體溫，外形逐漸變成蛇的模樣，然後真正的蛇，透過一點一滴的相處就漸漸融進身體裡，兩隻爾後變成一隻，那麼，最後的事實就是世界上少了個人，多了條蛇。

「老闆，你的意思是張大媽就這樣變成，變成……」我吞吐著，很努力但仍說不出那個名詞。

「對，」老闆沉默了一會：「起初還能從蛇變成人，人變成蛇，在這兩個過程，又或者稱之結界的地方順暢來回。

時間久了，習慣了成為蛇的那種步調，習慣吃生的食物，到後來變成只能也只愛吃活體動物，就無法有選擇回頭再當人的機會了。」

「天哪，所以今天張大媽沒出現在攤子，是因為她已經，」我突然感到一陣噁心，老闆這次沒有說話，只是用那空洞的眼神望著前方，點點頭。

我看著神情頹喪又疲憊不堪的老闆，真誠地說了聲抱歉，然後想了想，又加了句「真的很感謝」。轉身準備回家，老闆再度叫住我，告訴我剛才告訴我的一切請務必保密，這畢竟不是正常的事情，如果告訴別人，屬於蛇界那邊，是會發很大的脾氣的。

「這是天機，一種屬於牠們蛇群與人類潛在的天機，」老闆皺眉：「沒有與蛇深交的人類是不能，也不可以知道的。」

我再度鞠躬與老闆答謝，之後沉重地轉身離開。

董先生在過了個轉彎後，走在我的前面。

他已禿的後腦杓，在黑髮人影中顯得刺目。

我沒見過現實生活中的董先生，只見過美真手機裡的照片。真實與記憶儘管差異不大，但是猛地見到好友時常提及，令她愛恨交加，謊話成癮，傷害自己又傷害好友的男人，呼吸不由自主地急促起來。

意識自己正在跟蹤他時，已經過了好幾個小時。

他由市場附近出現，一路步行到西北區的郊外，一個望過去沒有邊界的荒涼空地。空地光禿禿的，地上是灰白帶點棕黃的砂礫，僅有幾個周圍部份長出矮小稀疏的雜草。

我記得小時候來過這個空地，記憶這裡以前是個公園，是個散落些許兒童遊樂器材的漂亮公園。那時候小學放學，我與同學們在回家前，都會先到這裡溜滑梯、盪鞦韆，玩到真的必須回家了才會離開。

國中與高中的記憶，也大多關於這個公園；朋友打電話說心情不好，半夜偷偷出門約在這公園聊心事，第一次在這裡偷喝啤酒與偷抽菸，還有，和初戀男友在這裡發生初吻，以及常在這裡約會。

之後呢？之後的公園呢？或者說在成為空地以前的公園呢？

陽光下我瞇起眼，眺望著整個空地。董先生已走到空地中央，停在那裡。

我走到空地角落，刻意躲在後頭，腦子裡瘋狂湧出關於這塊空地，以前還是公園的所有記憶。

記得在高三畢業的那天，我與當時是同班同學的美真，晚上特地約來這裡，兩人買了一堆啤酒魯味，彷彿隔天兩人就要從此訣別似的，拼命地喝酒抽菸。

我瞇著遠方夕陽有些刺目的餘暉，橘黃強光正向背對我的董先生大敞，看過去那遙遠的身影似乎就要被光線給吃掉了，輪廓被蒙上光芒而顯得模糊——董先生從走進空地後，人就停在空地中央，動也沒動。

董先生就站在我與美真那天晚上坐的位置。

當時那裡有座溜滑梯，我們倚靠在溜滑梯底，整晚情緒激動地不斷灌自己酒。這是那天晚上之後，第一次回到這裡；而關於那個晚上的回憶，我在離開後也從未想起過。
美真那晚不知是因為畢業要各奔東西的關係，還是在畢業前一個月，她被交往一年多的同校男生甩了，情緒一直沒有抒發，總之在我們坐下來，開了第一瓶啤酒仰頭喝完後，她那莫名激昂的情緒就像洪水爆發，先是大哭了起來，之後再用哽咽的聲音喊著一堆怪異的句子。
當時公園除了我們沒有任何人，美真突兀的喊叫貫穿了整個空間，我被拔尖的嘶吼嚇到，之後的反應則是丟臉，非常丟臉，明明知道沒有其他人，那種朋友出糗或行為過於怪異而身旁的人感到羞愧的情緒，漲滿了全部的感官，於是本能地站起來往前跑。
美真隨即站起來追上我，扯住我的手臂。
黎黎，我媽，我媽前兩天過世了。
美真大喊後，我停下來，轉身抱住她，她痛哭了起來。
回到溜滑梯底下，美真的情緒平靜些許，靜靜地形容她的母親，與母親相處的情形。
「不要難過，欸，妳媽為什麼過世？」
「因為意外。」
「什麼樣的意外？」我的直覺反應就是車禍，我的父母在車禍中喪生。祖父母善意欺瞞的謊言。
「她經過田地時被蛇攻擊，送醫時蛇毒已擴散全身。」
「蛇？妳是說那種在地上爬行的蛇？」

「對，很怪吧，我到現在都不能接受這個。」

「嗯，真的好奇怪。」

「我爸說咬我媽的是很毒的百步蛇，當時正中午，田地沒人，她呼救了一會後昏迷，之後被人發現送進醫院，但再也沒醒來過了。」

說到蛇的時候，我記得當時我開始陪美真大口喝酒，但是心裡卻像是被"蛇"這樣的字眼給侵入，滿腦子都是不同花色形狀的蛇的輪廓，以及由蛇這字眼或生物，所擴散出去的所有一切。不知道為什麼，我與美真持續激昂的情緒說話喝酒，但是望著她迷濛的雙眼，知道她的心裡跟我一樣：把〈蛇〉這件事實際說出來，四周的氣氛都改變了，我們不約而同且無法控制地瘋狂想像關於蛇的所有。

最後在公園的出口，互相道別要各自回家那幾分鐘，我腦中被侵入的蛇的印象卻迅速地散開，速度非常快也相當乾淨，俐落到我離開公園後，從未再想起。

直到多年後的現在。

為什麼從那時到現在，中間隔了那麼多年，我與美真也未搬離這個地方，但我們就是從未再次提及要來這裡看看，一起散個步，或者晚上來吹個風喝啤酒之類的呢？

在思索自己為何從未回來過時，遠方靜止已久的董先生開始移動。

他蹲下身子，低頭下來像在研究前方的砂礫。

伸手向下，開始用十指鑿挖地面。董先生挖的方式很特別，一般人用手挖土的雙臂揮動的弧度不大，手腕的地方速度較快；而他則是使勁地揮動雙臂，像憑空畫著大圈圈，朝外噴散的泥土飛舞在四周。

挖到一定的深度，他把身子整個貼地，傾身向下繼續挖著，四周飛濺的泥土越來越少；不是停止挖掘，而是高度變深，所以泥土僅被撥到上方地面。

這樣的動作持續一個多小時。

過程中我壓低身子，緩慢地一步步靠近董先生。

不明白他此刻正在做什麼？像著魔一樣地瘋狂挖著泥土？使空地中央現出個大洞？這樣做的意義是什麼？

沒有思考多久，眼前出現的事景讓我倒退好幾步。

在董先生停止挖掘，坐到平地上喘氣時，從他面前的大洞鑽出了好多條蛇。在餘暉的照耀下，所有的蛇的表面綻放出飽滿又刺目的光澤：湛藍、赤紅、橘黃、赭綠、艷紫、亮黑與純白。瞇眼看過去，畫面像是背對著的董先生，正盤腿坐在色澤斑爛的條紋毯上，氣氛一瞬凝聚了某種古怪的莊嚴肅穆感。

蛇群們蜿蜒滑行到董先生的旁邊，然後一隻隻，奇怪有秩序地攀爬到他的身上。

不一會兒，董先生全身佈滿了蛇。

我瞪著他們，那一尊七彩燦目的繩紋人身，心裡有種終於釋懷的感覺。

究竟釋懷了什麼也不很明確，那總懸浮停滯在情緒中間，絲毫沒有減損過的偏執，是對美真在我之後，養了是蛇的董先生這件事吧……對了，就是這件事，其實我在意得不得了，只是從沒有正視過這個心情。

董先生一直盤腿坐在那裡。

不知道過了多久，天色黯淡了，我決定放棄靠近董先生，轉身準備離去時腳踝傳來一陣劇痛。

黎黎還是不能原諒父母啊，這可就糟糕了。

我感到痛楚同時聽見這話。往下看是一條非常細長的小蛇，牠張大嘴，含住腳踝的三分之一。張嘴的上方皮膚皺在一起，渾濁的眼珠瞪著我，我們對視了好久。我知道牠把意念用咬住的動作傳達給我：這意念剛好觸及到心底最深的難受，所以我非常不高興。

沒有害怕，也沒有恐懼，被蛇警告的我只充滿了相當不滿的情緒，彎腰把蛇抓離開。

黎黎啊，每個執著的人都會被蛇纏上噢，妳要記得我的話啊。

我聽見牠還在說話，便氣呼呼地撿起牠，往董先生的方向扔去。

蛇細長的身體像溢滿電磁，隨著風的方向，刷地飛過去黏住那人蛇糾纏到已經不知道是什麼的東西。我頓時感到腳踝的傷口加深痛度，眼前的畫面太詭異了，就在小蛇與我短短的對話時間，再丟出去，才發現董先生已經不是人蛇交纏的雕像，所有蛇，包括剛剛丟過去的小蛇，自體旋轉攪拌了起來。

旋轉爾後全混與溶化在一起，從鮮豔的顏色變得骯髒，而更讓感到噁心的是牠們融合在一起就成了條相當巨大的蟒蛇，從混亂中慢慢形成如籃球般大小的頭，再來是又長又龐大的身體……

胃因為視覺而開始劇烈收縮，想要嘔吐時，腦中猛然出現一個人的臉。

美真。

我們到底怎麼了？

自己長久以來的缺陷就這樣視而不見，還得通透過溫柔又尖銳的蛇來解決？

我往美真家的方向走去，一邊無法克制地流眼淚。

我們都有好多、好多難以啟齒的罪孽啊，所以我們讓蛇進入生活，養蛇，迷戀蛇，再讓蛇進入我們的人生，讓牠們把埋到潛意識的陰暗面都吃光光，讓牠們瞬間撫平我們所有難以承受的，讓牠們使我們暫時得到喘息，得到迷惘的平靜，得到遺忘，忘到連自己都要失去了。

我們就是那麼卑微的人類嗎？

想到這裡，我的心感到抽痛，便大聲啜泣了起來。

本來只是加快步伐，隨著情緒的激昂變成用跑的，離開空地，穿越過許多巷弄與馬路，沿著人行道，經過商店與騎樓，最後終於到達她住的大樓樓下時，已經上氣不接下氣。

她沒接手機，規律的鈴聲響了又響，單音節音符在我的不安感中，已拼湊成一首不祥的曲子。

家裡沒人，樓下門鈴怎麼按都沒回應。

印象中她曾提及自從與董先生一起養了蛇之後，董先生就不要她去上班，說是公司的事他可以請另一助理幫忙，就讓美真在家裡好好陪蛇的董先生。

「這樣也好，我也樂得輕鬆，以免又讓我看見那個高貴的董太太！多丟人啊！」

我記得這句話，美真的確說過這樣的話。

我耐住性子在樓下等，大約過了十多分鐘，有人從大樓裡走出，我趁機鑽進，坐電梯到十一樓E座。

電梯一開，陰暗的長廊空空蕩蕩。

天色已暗，旁邊的窗戶吹進陣陣涼風；我拉起外套拉鍊，秉住呼吸，沿著長廊放慢腳步，緊盯著每扇大門旁的門牌。

直到長廊最底，未關闔上的門旁，放置著以前我與美真去酒館，她都會穿的紅色高跟鞋。鮮紅色的反光鞋面沾染了灰塵，一隻鞋根斷了，跛腳地倒在一邊。

我倒吸口氣，重新確認旁邊的門牌無誤後，克制顫抖的手，放到鐵門門把上，拉開，接著，又再深呼吸一次，再拉開裡面的木門；

天哪！

我失聲尖叫，跌坐在玄關處。

客廳中央上方頂部，美真單薄的身體，正正地在空間中晃蕩，光腳丫的底下，是一攤不規則的黃色液體。

美真用來上吊的繩索很與眾不同，是她形容比小豪大上好多倍，已經是條蟒蛇的董先生。

董先生長長的身體，纏繞客廳上方鏤空的精緻木頭雕刻裡，也纏繞著美真的脖子，一圈又一圈，他們兩人的臉，此時緊緊黏貼，美真細長的臉上凹凸著菱形狀的鱗片，在光線下閃著詭譎的亮光，看起來真是一模一樣。

驚嚇感先全然籠罩住我，接著是悲傷。

好友自殺了——終於由眼前的畫面凝結成具體事實，再緩慢推送到面前，然後我的感官再終於順利接收到後，我才放聲大哭了起來。

美真到底還是有知覺的，她是真的不願意被蛇給取代，但也無法就這樣拋棄是蛇的董先生，必須做下最後抉擇時，她選擇與董先生同歸於盡。

我淚眼朦朧的視覺中，看見捆吊的兩個低垂的臉頰上，皆充滿了黯淡卻凹凸立體的鱗片。

五

我養小豪，不知道養多久了。

有時候在渾沌的腦袋裡，會出現些片段但模糊的記憶；

比方這條蛇以前是人？或者，以前曾經有個男人，跟我一起養這條蛇？

有時候，男人的形象逐漸清晰時，往下延伸，那清秀且白皙的皮膚，會凝結成一格格菱形的鱗片，健壯的四肢則糾結成麻花狀，接著纏繞的部分鬆開，呈現一平坦的長條狀……在這種時候，我的心情不知道為什麼就會變得非常低落。

襲擊我的低落感通常都很強烈。

當這種時候突兀地降臨，我會不由自主感嘆：與蛇的小豪最親密的人原來不是我，或者，感嘆怎麼就放任人的小豪，就那麼如此親近蛇呢？

到底我是難過最終不是我變成蛇？還是難過我從未阻止過小豪變成蛇？

關於這些，我永遠都搞不清楚。

總之，不管想到什麼，到最後腦袋就會糊成一片，糊成一片不久後，就逐漸褪色成空白，等到完完全全的蒼白時我會傻笑，而當我一笑，小豪就會沿著手臂攀爬上來。

牠喜歡我笑，這樣的結果就只當自己又胡思亂想了；畢竟人活到一定的歲數，就是會想些有的沒的，當然，也會害怕或憂慮些有的沒的。

不曉得蛇可以活多久，其實我一點也不擔心，因為從有記憶以來，小豪就存在著，我們知曉對方的一切，並且會陪著對方到死去為止。

其他的事情我可能毫無能力，但只要有關小豪的，我都有絕對的信心。

噓，小聲點，小豪現在正攀附在我脖子上冬眠呢。

THE END

第三屆・優選
〈真相之卷〉

太陽卒

作者簡介／太陽卒

台大外文系畢。曾獲台灣文學獎劇本金典獎首獎，台南文學獎劇本佳作，金車奇幻小說獎優選。

聯絡信箱：writer.suntzu@gmail.com

——獻給哈波・李女士。

(一)

薩達

「薩達爺爺，上星期的故事呀，後來怎麼……」

「啪！」的一聲，梅蘭妮此話尚未道盡，說話的聲音頓時淡去；是被落在她右臉頰上一記紮紮實實的巴掌之聲給蓋過了——這呼她巴掌之人，實為她自己，卻是由我意志驅使。

她彷彿驚弓之鳥，沒有勇氣把話說完，氣氛突然凍結。我用不著親眼目睹她此刻的神情，光是聽她逐漸轉為急促、其後又刻意恢復平靜的呼吸頻率，便不難得知其心情，猶如犯了錯卻不明所以的孩子，面對年長者的斥責，既不敢提問解惑，更不敢出言頂撞。

但仔細想想，自從認識梅兒以來，這倒還是我第一次對她如此苛刻。

梅蘭妮與我並無先天上的血緣關係。儘管她總是管我「薩達爺爺、薩達爺爺」的叫——就暫且用人類的算法吧——這個女孩未滿十五歲，我應是一百一十三……若真要搪塞個甚麼彼此關係的名目的話，她該算是我異族的乾曾孫女。

我已是一大把年紀了……在忍辱偷生地活過了大半個世紀的過程中，又有甚麼樣的羞辱沒有受過？甚麼樣的苦沒有吃過？——但方才聽見這「故事」二字從梅兒口中如此輕易的脫口而出的瞬間，我感到心頭微微一陣刺痛，竟還是衝動的施展了「馴獸之力」。

我的雙眼早在幾年前就已完全失明，但想來這丫頭這會兒肯定是又驚又怕——細嫩的臉頰上，紅腫的手印猶如剛灼燒在牲畜身上的烙印般鮮明；既困惑又驚恐的神情，好似山洞裡迷失方向的旅人，赫然撞見洞穴深處成群出沒的黑色蝙蝠群；或許沒能忍住的淚水，緩緩從雙眸中一滴一滴的流下，樣子楚楚可憐，更流露出被人類棄養的流浪動物瞳孔總會無意滲出的那一絲無辜與焦慮——這些，我彷彿都能夠在腦海裡栩栩如生地想像出來。我不由得於心中萌生了些許歉疚之意。

畢竟，也唯有這孩子願意在無另有所圖的前提下，每週抽空探望我這位將死的……舊時代之人了。

不過，這樣的想法還未在我心底引起多大的漣漪，既有的負面思緒旋即如潮水般滔滔將其徹底淹沒。

「我說過了。這不是故事。」我冷冷道。

「是……薩達爺爺，對不起……」梅蘭妮這才驚覺我之所以動怒的原由。她似乎輕微的哽咽了；臉上掛著的是甚麼樣的表情，我無法確定。確定的是，她的聲音帶有細微的鼻音，很是委屈。

我這視力雖是沒了、回不來了，但聽力倒還靈光。

這孩子，肯定是無法體會的吧……我因背負著真相的重擔而無時無刻都難以擺脫的……那種悲哀、那種憤怒……

自近百年前，我「阿曼爾特族」受「人族」侵犯以來，人類總是擅長以各式各樣僅對自身有利的片面之詞，在歷史的法庭上替自己辯駁，將其惡劣的所作所為以種種荒謬至極的理由正當化、合理化。打從「科學文明」出現在漩澴大地的那剎那為始（也或許是更早以前），任一歷史事件的真實面貌，就彷彿像是朝無盡之海奮力擲出的小石子般，無論再怎麼努力尋找，都注定再也找不回來了。

事後，人類總會想盡辦法扭曲事實，捏造出單方面對他們自身而言賞心悅目的謊言幻象，並小心翼翼地將其收納於歷史書卷當中。至於真相，便被當成不屑一顧的果皮丟棄……而人們也從此就「遺忘」了果物的原貌。

儘管我心裡明白，我族大勢早已是過往雲煙，清淡的彷彿不曾存在過；曾經讓我滿腔熱血的復族意志，在經過歲月那看似若有若無、實際上卻如滴水穿石般節奏穩健的層層剝離後，也早已消磨殆盡、所剩無幾了……只不過，越是隨著老化現象在我這已被折騰到不堪如廢柴的軀體上逐漸明顯，生理上的各式病痛逐一浮現——回歸塵土那日的來臨幾乎屈指可數之際——數十年來已然習慣於沉默的我，卻也越來越不甘放任這個世界的真相在我心底，永遠不見天日。

十年、十年、又十年的飛逝，族人如稀有動物般迅速的瀕臨滅絕，我卻不曾忘記歷史醜陋如惡鬼的真面目……要我如何忘卻？

不知具體而言，究竟是從何時為始。但直到聽見梅兒無意間脫口而出的「故事」二字，我才恍然大悟——原來，我並不只是單純的對梅兒的無心之過動了怒，更早在內心深處下了決心——在我告別這片已被人類玷汙的大地以前，定要將我親身經歷的歷史真相……至少，是我依然記得，以及沒有錯過的部份……想辦法讓它們公諸於世。

我面前這位尚未渡過懵懂時期的人類女孩梅蘭妮每週的探望，便成了我的寄望。

事實上，我根本別無選擇。梅兒已是我唯一能夠信任的對象了。

相隔百年，與人類再談「信任」？如此天真之舉，我想，我肯定是已經老到老眼昏花了吧……可笑啊。

※※※

我的全名是薩達高加特・艾卜杜勒哈克・阿曼爾特。我恐怕已是目前世上僅存的少數（很可能是唯一的）「阿曼爾特族」族人。

「阿曼爾特族」本是居住在漩澴大地上的四大族群之一。族人們天生便擁有或強或弱的「馴獸之力」。此為能夠將心靈意志的力量，轉化為馴控其他個體意識的一種原始力量，主要運用於狩獵上。

年幼時，我曾聽聞族裡年長的賢者們說過，在時間的齒輪剛開始轉動的時代——也就是浮靈們仍充滿著整片漩澴大地的太初時期吧——充滿慈悲心的浮靈破例將能夠調和陰陽與正邪的四種原始力量，分別賜予了身為漩澴居民的四大部族。不久後，浮靈們一夕之間失去了蹤影（另有一說則是，已不再能以肉眼所見了），各族的力量便開始經由血脈相傳，成了血統力量。「馴獸之力」即是其中之一。

在現今掌權且高舉「科學文明」的人族眼中，「馴獸之力」的存在幾乎僅等同於毫無依據的迷信之說（雖曾有段時間，此力被人類稱作是「妖術」、「巫術」、或作「祕法文明」，人類甚至對其懼怕不已）。但對當時的我族而言，此種力量的運用原為日常生活中稀鬆平常之事，正如「治癒之力」於「瓦尼薩族」、「森林之力」於「阿瑪達西族」。

浮靈們消失後的數百年，四族漸行漸遠，在漩澴大地上各據一方，各自過著自給自足的生活。為了避免各族間不必要的磨擦與鬥爭，從我爺爺的爺爺那一代開始，那些身為四大族之首的「阿曼爾特族」先祖們便欲倚靠族群的血統力量統籌四族，並視恢復及維持四族、大地與自然等三者間的和諧與聖潔為己任。

不料，那年，數百艘疑似倚靠所謂「科學力量」而能夠馭風而行的神祕巨船，入侵了這片土地。他們猶如蝗蟲過境時凶殘地啃噬著農作物般，徹底破壞了族人們耕耘已久的美夢……

「人族」的巨船先是在距離我族北方數十里遠的「大地之森」緩緩降落，其後釋放出破壞力強如瘟神的惡火，燒毀了整片森林。那過程，就像是白蟻等害蟲群聚，從樹皮開始，一吋一吋向內滲透，直到最後啃食掉整根樹幹——歷史悠久的聖地與神木，就這麼被無情之火給吞噬——隨即，人類便在該地建構了殖民地。一連串鳩佔鵲巢的侵略行為，對他們而言，好像徹頭徹尾就是如此這般理所當然似的。

據傳，原本棲息於那一帶的「阿瑪達西族」，被人類驅逐至海拔更高、生活機能更為匱乏的高山地帶。而那些不願服從這些外來殖民者的「阿瑪達西族」族人……據說，「人族」為了杜絕後患，在短短十幾日內，就將其全數趕盡殺絕……

（不過，這只是族裡部份族人當時的推測，並沒有得到證實。實際情況為何，我至今仍不得而知；「人族」一方的說詞自是難以採信。）

約莫兩個月後，一個有雲無雨的陰天，負責看守我族外圍的其中兩位族人押來了一名在當時的我看來，外貌頗為怪異之人——該人年紀約是二十來歲，面容眉清目秀，輪廓略深、鼻梁高挺、雙唇略薄，身形則與我族族人相仿；惟其皮膚膚色極其白皙，幾乎可用白裡透紅來形容，猶如冬季深山裡尚未與汙泥交融混染之雪，好似病懨懨的樣子。按照常理及該人日後的自白判斷，他應為雄性，但其嗓音卻輕柔婉轉，有如雌性般。而最為奇特的，莫過於他一頭不尋常的茂密金髮。

那是一種很特別的淡金色，又類似銀白色，彷彿沒有任何一丁點黑暗的元素參雜於其中，我過去實在少見。那樣的顏色，於野生動物及其他漩渦族群身上都找不著，連在植物界中也極其稀有。印象中，就只有某些生長於高山……那些叫不出名字卻美得讓人目不轉睛的花朵之花瓣，在太陽光的照射下，才得以閃耀出那樣純潔無瑕的色澤。

※※※

「阿曼爾特族」是一個相當重視紀律及分工合作的族群，有如螞蟻的蟻型，分蟻后、工蟻、兵蟻等。族人的分工亦是細膩，各司其職，每支支隊會依照區域劃分棲息地，所負責的工作項目也不盡相同，惟一切均遵循來自族長的指示及各支隊隊長嚴格的控管；紀律與榮耀，對族人來說，永遠至上。

我從小就與其他族人相仿，善於服從、善於遵守部族綱紀。但除此以外，與他人略有不同的是，從五歲時跟著族裡的教頭學習施展「馴獸之力」之初開始，我便展現出超群的天分，可說是天賦異稟。七歲時，我能夠輕鬆駕馭松鼠、野兔等小型動物有規律地來回奔跑；十歲後已能獨立控制重達一百五十公斤的山豬，隨我意志走回部族任人宰割，過程之中毫無掙扎。

頗自然地，在十七歲的成年禮上，我被我族族長賦予了僅有少數族人會被揀選賦予的「甘巴」之名（即「部族的勇士、能者」之意；此稱呼的實際意義略像人類社會中的「將軍」頭銜或是「軍長」一職），成為兩百年來部族中最為年輕的「甘巴」。爾後我所需負責的職務，主要為帶領及分配一支三百餘人的支隊，從事部族西北區的「狩獵」與「禦守」等兩大項勤務。簡言之，就是負責族裡一部份「覓食」及「抵禦外敵」等工作。

巨船與克里斯出現的那年，我二十一歲，已是族裡的靈魂人物之一。按照人類說法的話，就算還稱不上是不可或缺的「國家重臣」，應該也算是位精明能幹、頗得人心的「謀臣武將」吧。

也正因如此，處置克里斯一事，後來輾轉交到了我的手上。

※※※

根據扣押克里斯回到部族的那兩位族人的描述，這位異族人似乎是獨身一人單槍匹馬自願前來我族所在地——克里斯出現在族人視線範圍內時，族人出聲嚇阻，他卻突然高舉雙手，不知是何用意（我事後從他口中得知，那是「人族」表明自身並無攜帶武器、不具威脅性的姿態），雙腳仍不停緩步向前邁進。他全身上下被深綠色、淺綠色、褐色及黑色相間的長袖衣褲及具有突出前緣物的奇特頭飾所包覆。這些衣著上的花紋怪異非常，為不規則形，活像是不同顏色的染料不小心全攪和在一塊兒了，頗為難看。上衣表面還繡有族人無法理解的文字及符號，隨著他步行時自然擺動的身軀，好似於大雨過後爬出泥地、正扭動著軀體的蚯蚓，陰陽怪氣的很。

進入部族外哨的帳棚後，兩位族人將克里斯按壓在地上，並以粗麻繩將其手腳綑綁。過程之中，克里斯並無太多掙扎，但並非受了「馴獸之力」的影響所致。同時，一位較我年長約莫十多歲的「甘巴」支隊長，因任務因素人正好就在附近。他簡名為庫特塔，為人嚴肅拘謹，不苟言笑，雖向來就對我年紀輕輕便被賦予「甘巴」之名與支隊長一職之事感到不以為然，卻不失為一位盡責愛民的幹部。在當時，他可謂作我努力學習並看齊的前輩之一。

擒獲克里斯的區域為部族的西北區，即我負責支隊的棲息地，故克里斯的初步處置權應屬於我。惟因押回克里斯的那兩名族人曾隸屬於庫特塔所領導的正北區支隊，又正巧庫特塔就在不遠處，故他也被告知此事。一得知族人捕獲了那些從天而降、身份不明的異族人之一，庫特塔便匆匆趕至克里斯的所在地。他於外哨帳棚外頭熟練地升起了營火，並命人遞來一把用以屠宰獵物的銳利石斧，隨後便讓斧刃在熾熱的火焰上頭來來回回、有所規律地舞動著——此乃族人在領地內用器見血前，必做之儀式。據族裡的長者所述，此儀式有驅不潔於生物軀體之外、抗寒避邪等效果；按照人類的說法，應是類似「消毒」的步驟。

兩位族人隨後褪去克里斯雙腳上那不知製材為何物的堅硬黑鞋，露出其皎潔白皙如上等羊脂白玉的腳踝。在我步入帳棚之時，庫特塔已高舉利斧，正要奮力揮斧砍下克里斯的右腳。

就在那一瞬間——雖是初次見面，我卻因克里斯反常堅定、冷靜的眼神而感到驚艷——那是在密林深處進行狩獵時，爾偶會遇見的「阿查安」的眼神。

※※※

「啊！」聽到了這裡，梅蘭妮不禁輕聲驚呼了起來。

「……他沒有砍下去！……我正好到場，阻止了他。」我愣了愣，趕緊接話。

我差點給忘了，這會兒聽我訴說往事的梅兒，是一位不曾經歷過戰爭、不曾從事任何型態的狩獵工作、心智亦尚為稚嫩的孩子。見血見肉的情節，伴隨著人類無邊無際的想像力，忽地將她白紙般的腦海染上了一大片鮮紅，一時之間自是難以承受。

「雖然……庫特塔其實是按照部族綱紀行事，我本不該有所異議……不過，我在克里斯的雙瞳之中，彷彿看見了『阿查安』的魂魄，所以才出聲阻止了庫特塔。」我接著解釋道。

在當時，我「阿曼爾特族」在四族當中，著實是出了名的頑強及凶狠。先祖應是認為既要行統籌四族之大業，族人萬不得多愁善感，首先需明立各式綱紀，以利日後族人行事時，能夠有所準則依循，方能成就大事。而在眾多綱紀當中，有其一便闡述著，若遇不請自來之外族人惡意擅闖我部族疆域時，需先將其俘虜，並剁其右腳，一來防止俘虜竄逃、進而洩漏我族戰力及日常生態等資訊，二來宣示地域掌控權；斷其單腳即有不容許心懷不軌的外族人任意踐踏我族領土之意——考量到梅兒僅是十來歲的青少年，上述的綱紀內容，我決定略過不提。

「『阿查安』……爺爺，請問，『阿查安』是甚麼意思呢？」梅兒問道，話題脫離了血腥的細節，其聲音才又恢復了童心，我不由得鬆了一口氣。

「在深山野嶺之處，有少部份的野生動物，牠們充滿靈性，且具有強烈的生存意志，因此能夠抵抗族人所施展的『馴獸之力』……這樣的稀有生物，我們統稱為『阿查安』……也就是『充滿靈魂、意志的野獸』的意思。」我稍作思考，接著答：「嗯，用你們人類的語言，應可譯成……『靈獸』吧。遇到『靈獸』的時候，一方面為了維持自然界生物數量的平衡，另一方面作為族人對野生動物生命的尊重之象徵，在習俗上，就算是能夠以弓術等傳統狩獵法輕易獵捕的小型動物，除非迫不得以，『阿曼爾特族』的族人都會選擇不對其進行獵殺。」

「原來如此……爺爺，那再請問您，人類……也是能夠被『馴獸之力』控制的嗎？」梅兒像個好奇兒童似的舉一反三，我想像著她可能正轉啊轉地一雙眼珠子，一副古靈精怪的模樣。我赫然發覺，在我的想像中，梅兒的面孔竟與克里斯有不少相似之處，彷彿是同個模子刻印出來的；旋即，我更驚覺，此刻梅兒所提的疑問，克里斯亦曾問過。

「梅兒肯定只是被單純的好奇心驅使，才會有此疑問的吧！」——我意識到，我在心底，竟是如此渴望著這樣的推想，就是事實的全部。

我稍微猶豫了片刻，仍決定據實回答……正如當年的決定：「不……大部份時候，要以『馴獸之力』影響一個人族個體，或是漩澴大地上的各族族人，都是有困難的。像妳……十幾、二十歲的青少年或許還行，但隨著人們年紀的增長、經驗的累積，心智也會逐漸成熟。那時候，要再以『馴獸之力』加以馴控，就會變得更加不可能。」

或許，我這只是在重蹈覆轍吧？——如果當年，關於我族血統力量的描述，從用途到強度，我都選擇對克里斯予以保留……甚至是適度的欺瞞……我「阿曼爾特族」是否就能免於悲劇收場的命運？——我總會在夜深人靜的時刻，反覆思索著這個問題。但每每輾轉不寐直至黎明，問題的答案卻始終如生命起源般莫測高深，令我百思不得其解……

※※※

「住手。」我盡最大的努力假裝不帶情緒的說。

「為何？」庫特塔亦貌似不帶情緒地回話，惟手中的石斧仍筆直地高舉著。

「……因為，牠是『阿查安』。」我這話答的心虛非常，只希望沒被庫特塔察覺到我語氣中的不肯定。

「『阿查安』？荒謬！他分明就是數月前從天而降於『大地之森』的那幫異族人之一……再者，就算你認定他為『阿查安』也罷，綱紀規範高於習俗規範，人盡皆知。你身為我族的『甘巴』，又是此區域的支隊長，難道會不……」

「正因此區域的『禦守』工作歸我管轄，在尚未請示族長以前，此事之處置方式理應依我的判定為準。」我逮著機會，趕緊打斷庫特塔。

那是我第一次公然違反我族綱紀……竟是為了一位素未謀面、來路不明、且可能對我族構成極大威脅的異族人！——我悔不當初。

「哼，隨你。」庫特塔不屑地冷哼一聲，終於放下了手中的石斧。離開帳篷前，他背對著我稍作回頭，邊斜眼瞥了我一眼、邊又補上了一段：「你最好認清情勢，現乃警戒時期，這幫異族人隨時可能侵犯我族……」話到此處，他頓了頓，輕嘆了一口氣，似乎對接著所要講述的事情感到有些難以啟齒，最後還是開了口：「你可知，就數日前，在『大地之森』西邊的沼澤地……我支隊的族人在那裡發現了恐怕有上千具『阿瑪達西族』族人的屍首，一具疊著一具地浸泡著，皮膚全都潰爛了，發出嗆鼻的惡臭……經檢查，他們的身體具具骨瘦如柴，彷彿遭人放過血，且軀幹部位幾乎全數遭某種細小卻尖銳的錐狀不明物體給刺穿。有的身上只有一、兩個孔洞，有的全身上下十幾個孔，活像個蜂窩。」他從身上掏出一枚乍看之下，與中、小型野獸的獠牙相仿的錐形物體。他將其向後拋給了我，最後留下一句：「你自己看著辦吧，西北區支隊長。」說完便瀟灑步出帳篷。

就在我右手掌心之膚與那枚錐狀物體相觸碰的瞬間，我在內心微微吃了一驚——這樣的驚詫，是來自當下「真實的感受」及「心裡預期的感受」等兩者間所呈現出的全然矛盾——無論是重量、溫度、還是外觀顏色，它都與普遍的野獸獠牙存在著極大的差異。不管是大型或小型動物，齒類物體通常為不規則形，且應帶有弧度，顏色多為米白色。惟當時位於我掌心上頭的那枚錐形物卻是直挺挺的圓錐狀。我感受到它在手心上平穩地滑動了半吋。它的觸感冰涼滑順，顏色則是深沉的古銅色，側邊除了血痕外還沾有疑似經火焰燻烤所致的炭黑色斑紋；這些在在都與動物獠牙或利爪等硬物截然不同。

直到多年後，我才終於明白，此種由「人族」所製成的錐狀物體到底為何物……是恐怕連存在於荒蕪之地的惡靈都要畏懼三分的凶殘利器呀！

※※※

「一般來說，『阿查安』這個詞，不會被用來形容漩澴四族的族人，因為所謂高智慧生物本來就難以被『馴獸之力』馴控。所以我向庫特塔主張，同樣身為高智慧物種的『人族』是『靈獸』，確實為強詞奪理之舉。」我擔心梅兒因缺乏理解力而跟不上我所講述的往事進度，便停下半晌，詳加解釋。

「是，爺爺，我明白的。」

梅兒的性格雖是有些畏畏縮縮的，但就同年齡的人類孩童而言，應算是早熟，悟性頗高，我應是多慮了。

「不過……在漩澴四族的觀念裡，『獸』與『人』等兩者，其實並沒有明顯差異；在我們的語言當中，這兩者是使用同一個字詞，只有在發音上會用稍微不同的聲調來區別彼此……這一點，與你們『人族』的想法，就很不一樣了。」話到了盡頭，我發現我已語帶藐視。

「『獸』與『人』……沒有明顯的差異……」梅兒喃喃自語著。

我分辨不出她的語氣，究竟是因不知該如何回應而陷入了困頓，還是因不曾思索過這個議題而陷入了沉思……但後者的可能性應該較高。

「『獸』與『人』，本是同源。所謂的『人』，因擁有較高的智慧，就更應負起維護自然界與大地間的和諧之責，此乃天經地義。只不過……哼哼，」我冷笑了兩聲：「你們人類可不是這麼想的。對你們而言，較高的智慧，就等同於較強大的力量……以及剝削其他物種及種族理所當然的權力，不是嗎？」我用挑戰意味濃厚的口氣質問梅兒。

「我……我……」梅兒支支吾吾地答不出話來。

「……唉，不說了，今天就到這裡吧。晚了，你回家去吧。」再僵持下去，也是徒然。我心念一轉，隨即放棄刁難梅兒。

「人族」向來不重視大地、不敬畏自然，只視一出生便貴為「人」為理所當然之事，自以為擁有主宰天地萬物的權力，這早已不是新聞。我好奇的是，這樣以自我為中心的惡質想法，究竟是與生俱來？還是於後天被既有的其他人類以及早已有所偏頗的固有文化所灌輸？

從這些日子以來，與梅兒的相處來推測，我想，答案應是後者。

至少，我由衷的希望，答案會是後者——也唯有如此，這世上才有可能還存在著，那麼一絲恐怕是細如蠶絲……卻可能強如鋼繩的，希望。

（二）

梅蘭妮

我的名字是梅蘭妮・李，認識我的人大都暱稱我為梅兒。我今年十四歲。我的父母親都從事畜牧工作……就像許多其他人一樣。

在我所居住的這片據說曾經豐饒富足、但現已時過境遷的北美洲上，我們在食物方面的資源有所缺乏……尤其是肉類食物。畢竟，蔬菜是那麼的難吃（天吶！我一想到曾經咀嚼過青椒和花椰菜，以及它們在嘴裡快速擴散開來的怪味道，就感到有些反胃了），我想我可以理解為什麼現今畜牧業與農業規模的比例是七比三；其中大部分的農作物還是要拿去餵養牲畜的。人類已經從雜食性生物演化成肉食性高智慧物種，在物競天擇的過程中登上了食物鏈的最頂端，自然會較偏好食用牛、羊、雞、豬等肉品。

北美洲是目前世界上唯一一塊有人類活動的大陸。除了北美洲以外的歐洲、亞洲、非洲等其他區域都已被新政府的專家評估為「人類無法存活」之地。那些地方現已如同廢墟，我在教科書上見過照片，倒是不曾親眼目睹過那滿目瘡痍的悽慘狀況——只是，好像也幾乎沒有人有過就是了——離開北美洲，到其他地方探險，大人們總會說：「那可是會賠上性命的事情呀！」

地球現今這樣的狀態，相傳是大約兩百年前起源於非洲的一場傳染病所導致的（儘管基於整個事件過於悲慘，此段歷史已從教科書中移除，相關的文獻紀錄都遭銷毀，新政府也下令禁止人民談論此事件）。聽說那場傳染病的殺傷力，猶如死神親自降臨大地，奪去了無數生靈的性命，造成的死亡數字遠遠超越從前任何一場戰爭，人類的文明、發展與人口立刻陷入史無前例的黑暗時期。

所幸，百年來，倚靠著高科技與前人們的努力，人類總算是保住了北美洲，勉強成功讓它成為一片未淪陷的陸地。少數存活下來的生還者便陸續移民到了這裡，這地方的存在就成了像是在險惡沙漠中央的一塊珍貴綠洲，同時也是全人類共同努力的心血結晶、我們現今唯一的家園。

只不過，有時候……我還是會覺得自己活像是那隻被困在井底的青蛙。教科書上所記載的，一年四季都是冰天雪地的兩極之地、深不可測遙不可及的深海峽谷、隨時可能爆發炙熱熔岩的火焰之山……這些令人著迷的地方，人類恐怕是再也去不了了。

這一切，都是兩百年前的浩劫造成的；就連我們從小到大，每天都要照三餐服用的那一粒粒既腥又澀的鮮紅色公民藥丸以維持某種生存所需的抵抗力，也都是拜那場起源於非洲黑暗人種的傳染病所賜。

※※※

薩達

「先生，請問，可以幫我，解開嗎？我的手，有些疼。」庫特塔離開帳棚後，克里斯忽地用極其誠懇的眼神望向我，同時幾個字幾個字的提出這項請求。這話他說的雖是怪裡怪氣的，且讓聽者有種牙牙學語之感，卻不可否認的是我漩澴大地的語言呀——看來這些異族人，確實是有備而來，連我們的語言都已陸續習得。

「你究竟是何人？來自何方？擅闖我族領土，有何意圖？」我厲聲問道，沒有理會他的請求。

「我、我沒有，惡意！我們來，彼此瞭解，學習。我們來，帶著和平。」

「和平」二字，他是如此臉不紅、氣不喘地輕鬆出口……我竟就這麼相信了。

族長得知異族人克里斯的出現一事後，原較傾向採納庫特塔的建議，即先依照綱紀所述，將其剁去右腳，再以嚴刑逼供其前來我族的真正目的。當時的我，此刻想來，根本就是入世未深，不曾想過外表純潔無瑕的人類，內心竟可以是無比邪惡，且心思竟如此幽暗細膩、如此善於隱藏其真實意圖，簡直可謂作「虛偽」的化身——我天真的在族長及其他支隊長面前，為克里斯及那些初降於漩澴大地的異族人辯護，真心以為他們的到來並無惡意。

族長經三日的考慮後，決定採取我所提出對克里斯及異族人相對友善的做法，即允許克里斯與我族一同生活，學習「阿曼爾特族」的生活方式並融入我族，直至春季來臨為止。同時，也讓族人更瞭解「人族」這個外來的族群。簡言之，此為兩族首次文化交流的機會，族長雖知該做法存在著不小的風險，但眼見我信誓旦旦狀，便決定冒此風險，並命我全權負責執行此事。

※※※

秋季，是克里斯出現的季節，亦是各族忙於囤積糧食的季節，為的是能夠順利渡過嚴峻的冬季。為了讓族裡的婦女順利將叢林肉製做成足夠的肉乾在過冬時　供族人們食用，以應付到時作物產量及可食禽獸捕獲量必定大幅減少的情況，族裡負責「狩獵」的男人在秋季時總會特別賣力的工作，我自然也不例外。

雖說讓克里斯跟在我身邊學習融入我族的做法本是我的提議，但必須將這個異族人在眾人最為忙碌的季節時時帶在身邊，起初我仍感到有些綁手綁腳，尤其是從事狩獵工作時。

我族之狩獵模式頗為單純。為避免過早驚動野生動物導致捕獵失敗，通常會以至多七名族人為一小隊行動。多數時候，發現三三兩兩或群聚的野生動物時，會由領頭者率先針對其中身型較小的一頭施展「馴獸之力」以將其馴服。倘若順利無阻，其餘族人再依序馴服其他野獸，以一次至多馴控五頭可食禽獸回到部族為原則。

惟擁有「馴獸之力」的我族，在狩獵時仍非萬能……尤其是當無預警的與其他掠奪性強的群聚動物相遇，而其中又存在著「阿查安」的時候。

※※※

「『阿查安』除了自身不受『馴獸之力』馴控以外，同時能夠影響周遭的同類動物，使牠們亦不受控制，甚至會帶領同伴有組織的主動對族人進行攻擊。」

「那……那豈不是很危險嗎？」

我雖無從知曉梅蘭妮這丫頭究竟是否仍將我向她敘述的往事及歷史事件當作是虛構的故事般看待，但她似乎聽的津津有味。對生活在所有食用動物皆為人工繁殖、飼養的今天的梅兒來說，傳統的狩獵活動與部族的生活方式似乎尚算有趣……至少應不至於枯燥乏味。

「確實如此。事實上，每個季節都會有族人與野獸族群發生衝突並因而死亡的事件發生。」我據實回答。

「天啊……好可怕！那些爺爺為了打獵而喪失了性命的族人，他們……真的太可憐了……那些野獸，實在是太可惡了！」

「哼！可笑！野獸的『可惡』，何來之有？」聽到此種論述，我不禁脫口而出，憑著直覺反問梅兒，未能多作思考。

「………」

我這樣的質問，肯定是出乎梅兒的意料之外。她一時間沒有回應，可能是害怕倘若又因說錯話而觸怒到我，又會受到懲罰。

「難道，人為了生存而獵捕野獸，野獸就不能反過來獵捕人嗎？」我稍作冷靜後，再次試著以提問的方式挑戰梅兒心中對於「人與獸關係」的認知，但梅兒仍然沒有說話。我的語氣再轉溫和，柔聲道：「嗯……我並不意外妳會有所謂〝野獸很『可惡』〞的想法……不過，我想要說的是，那些死去的族人，亦會成為野獸族群的食物……我們『阿曼爾特族』會視這樣的情況為自然界中合理的循環……也就是各族群與大地間達到平衡的和諧狀態之一環。人與獸會互相將對方視為獵食的目標，但絕不是無理的撲殺……總之，族人喪命，從捕食者的身份成為獵物，這是族人能夠理解的情況。儘管會因失去夥伴而感到傷心難過，但我們並不會有想要去制裁野生動物、甚至是對牠們進行報復行為的想法。這樣……妳能夠明白嗎，梅兒？因為，我們沒有權力這麼做。」

「原來如此……爺爺，我明白了。」

這孩子究竟是不是真的明白？亦或是對於我欲傳達予她的觀念，到底在乎不在乎？我心中依舊存疑。畢竟，我「阿曼爾特族」族人的存在，對人類來說，僅僅如同經濟動物一般——雞、豬提供肉品，牛、羊提供乳品，兔、貂提供毛皮；我族族人提供的則是，血液。

※※※

梅蘭妮

我會有機會與薩達爺爺結識，是起因於新政府近年來為了消除人民長期以來對黑暗人種既有的仇恨而大力推動的「多元族群融洽政策」。

我個人覺得有些怪異的是，絕大部分的黑暗人都已在那場大災難當中死亡了，有幸存活下來的倖存者，也因傳染病的後遺症而在近百年的時間裡陸續辭世。到了今天，除了在特殊的醫療機構（薩達爺爺就是在這樣的地方接受治療的）裡頭以外，要在北美洲上找到任何一位黑暗人，恐怕已是難如登天。對我們而言，黑暗人種的印象根本只停留在教科書的照片及文字敘述之中，又何來的「仇恨」可言？

當然啦，關於我這樣的疑問，我去年的歷史老師貝利先生在上課時是有稍微解釋到。在過去，因為地球上存在著多元種族的關係，有許多黑暗人心中對不同族群的他人懷有恨意，便發生了不計其數的種族間互相殘殺的悲劇。到了後來，誰也沒有料想到，傳染病的爆發竟導致黑暗人幾乎瀕臨滅絕的事實……而這卻也間接減少了族群與族群之間的衝突；這倒未嘗不是一件好事——教科書上有說，傳染病的原宿主即黑暗人種，其病毒也正巧好發於黑暗人、而非我們光明人身上。這樣的結果，後來的學者大多一致認為應屬於「難免之惡」的一種，算是人類歷史上不幸中的大幸。

總而言之，我報名參加了新政府因上述政策而籌辦的「青少年投入社區多元族群關懷」的志工活動；但我可不敢說，我對社會上年長的重病患者，或是瀕臨滅絕的黑暗人種懷有甚麼所謂的關懷之心。那天下午放學後，我趕去教務處辦公室，向副校長柯蒂太太索取了報名表，當下便興沖沖地在報名表上頭填上了自己的名字。我會這麼做，其實主要的動機是出自好奇心——我好奇著，那些在歷史上多次引起戰爭，以及那場可怕的傳染病的黑暗人種……也就是師長們口中所說的次等人類，究竟是不是真的如他們所說的那樣可恨與可怕。

我後來才得知，這項活動的報名人數，根本寥若晨星、屈指可數。同學們得知我自願報名了以後，便一個個露出驚恐無比的神情，七嘴八舌地議論紛紛著：「甚麼？妳真的去報名了？」、「梅兒！難道妳都不會害怕嗎？」、「對啊！對啊！妳不怕被傳染到甚麼……可怕的疾病……之類的嗎？說不定會短命耶！」、「梅兒……妳應該知道，兩百年前就是因為有他們那些次等人類，我們現在的經濟才會這麼慘吧？」——於是，我察覺到了……那份儘管不曾接觸過任何一位黑暗人，人們卻在心中猶如帶有病毒的白紋伊蚊於幽暗潮濕的器皿之中默默滋生而成的仇恨；仇恨於潛移默化中不知不覺地被孕育出來，一直潛藏於內心深處，其成因不明所以，卻像是吸血蛭般牢牢地攀附在人用以分辨是非的良心上頭，並一點一滴的將它吸食殆盡，直到一點兒都不剩了……

※※※

薩達

克里斯在部族的學習相當積極，融入我族文化及生活模式的速度，比任何人猜想的都要來得快。平時的他話並不多，偶爾會針對我族的習俗、儀式、以及「馴獸之力」等細節提出問題，我便會據實回答。

那日，是我第三次將克里斯帶在身邊進行狩獵工作。那年秋末轉冷轉得特別早，許多野生動物疑似因而活動量減少，或是已提早進入冬眠，各支隊的捕獲量皆不盡理想。於是我決定帶領包含我和克里斯在內共七人的小隊進入位於部族西方較遠處的密林碰碰運氣。

平常時候，我族族人鮮少會在此區域進行狩獵。一方面是為了避免與有時會在該地出沒的「瓦尼薩族」族人發生非必要的衝突，但主因仍是因活動於這片密林的野獸大多較為凶猛，遭遇到完全無法以「馴獸之力」馴服的「阿查安」的可能性亦會大幅增加——然而，若是再不盡快將捕獲量拉高，已步步逼近的嚴冬恐怕就難熬了……

會冒險出此下策，其一考量便是克里斯——他出乎意料的是個得力副手，於前兩次狩獵行動中表現良好。他雖無法習得「馴獸之力」，但身手特別矯健、靈活的他，很快便掌握了擲矛的訣竅。只見他身型雖不特別魁梧高大，雙臂也不見特別粗壯紮實，卻能輕易於「馴獸之力」所不及之遠處精準地以石矛命中獵物要害。他這樣狙擊式的狩獵方法，著實降低了我支隊花費在狩獵上的力氣及時間，更減少了不少族人受傷、甚至是死亡的風險。我實在不願承認……但他的在場，對當時的我而言，確實是起了不小的強心作用。

密林裡頭雜草叢生，花草樹木都較一般地方茂密甚多，且那日空氣中還瀰漫著濃霧，嚴重阻礙了隊伍的視線及行動能力。走在隊伍最前端的克里斯和另一名族人揮舞著以燧石磨成薄片製成的石斧，將前方影響行走的雜草割除。遠處不時傳來烏鴉嘶啞的叫聲，其音調粗厲刺耳，讓人感到忐忑不安，彷彿是在向侵入者發出警訊，暗示著我們應當知難而退，井水勿犯河水，否則後果自負。

突然間，位於隊伍中央的我依稀聽見後方草叢疑似有所騷動。才回頭，尚未來得及反應，已聽見族人痛苦的哀號——「啊！」

那是哈勇的聲音；哈勇是上個春季才通過成年禮的小夥子，雖缺乏狩獵經驗，但充滿朝氣，是我支隊中年紀最輕的大男孩之一。

「後面吶！」眼見哈勇遭受攻擊，另一位族人慌張地呼喊，眼角抽蓄著，恐懼已在臉上表露無遺。

接著傳入耳中的，是四周此起彼落、令人聞之喪膽的嚎叫聲……那是一大群灰狼凶猛的狼嚎。

※※※

「狼……嚎嗎？」梅兒的語氣遲疑，彷彿不清楚灰狼是種甚麼樣的動物。

「對，灰狼的嚎叫聲。灰狼是最具危險性的野獸之一，狩獵時應能避則避。牠們是大型的犬科動物……嗯，妳想像看看，外型像是擁有尖而長的鼻子和灰褐色厚重毛髮、激動時會露出牙齦和利齒的大型狗。牠們和人一樣，是山林間的掠奪性動物，擁有更優於『阿曼爾特族』的警覺性，且擅長成群突襲。族人們未能掌握施展『馴獸之力』的時機就先被灰狼群襲擊的事件，是偶爾會發生的，尤其是在較陌生的環境。」

「爺爺，我瞭解了……我從來都沒有見過灰狼呢。」梅兒若有所思地說。

「嗯……我想，應該是已經絕種了。灰狼與狗不同，性格普遍而言較為凶猛，不持續對其施展『馴獸之力』便極難馴化。對你們『人族』來說，若要人工養殖，風險跟成本都太高，經濟效益不大，要作為同伴動物也比較不適合，也難怪你不曾見過。」

「爺爺……這個世界上，究竟有多少不同種類的動物呀？」

「那可多了。光是陸棲動物就多得數不清了，我也只見過其中很少的一小部份……不過到現在，人類濫墾山林、破壞了自然，又只刻意養殖經濟效益高的動物，像是雞、豬、牛這些，幾十年下來，生物多樣性早已大幅降低。我猜想，多數物種恐怕都已不存在了。我『阿曼爾特族』……大概就是下一個要徹底消失的物種了吧……」我頓時感慨萬千，悲從中來。

梅兒再次默默無語，恐怕是不知該如何回應，便安靜地等著我繼續說下去。

※※※

位於隊伍尾端的哈勇首當其衝，遭到來自後方的灰狼群無預警的撲擊。他的右大腿被一匹成年雄狼狠狠咬住不放，傷口部位立時血流如注。他哀號著，痛苦非常。

意識到哈勇遭受襲擊的事實，我和其他族人立即轉身，集中精神對攻擊者施展「馴獸之力」；只見那匹雄狼銳利的雙目逐漸渙散，眼神逐步空洞，緊繃的上下顎也跟著放鬆，眼看就要鬆口——就在這時，一陣音調特別高亢的狼嚎從濃霧中傳來，在周遭起起伏伏的嚎叫聲中脫穎而出，別具穿透力，猶如用以指揮部隊作戰的軍號；但眾人只聽見其聲音卻未見發聲者。一聽聞這陣狼嚎，原本眼看就要被我方馴控的雄狼竟掙脫了「馴獸之力」的束縛，恢復了自主意識，足以咬穿犀牛厚皮的利齒再次深深嵌入哈勇的腿部肌肉之中。哈勇又是一陣痛苦嚎叫，慌亂間嘗試著用手中的長弓將雄狼推開，卻是使不上力，掙扎的樣子慘不忍睹。

「是……『阿查安』啊！」察覺到「馴獸之力」已然失效，我身旁另一位手持長弓的族人驚呼著。他趕緊將箭搭上弓，試圖訴諸弓術擊殺雄狼以救助夥伴。但似乎擁有豐富獵捕經驗的雄狼不斷扭動身軀，變換位置，不一會兒便將哈勇拖倒在地，並以哈勇的身軀作為掩護，族人便難以瞄準。

就在族人們猶豫著放箭與否的片刻，約莫十來匹灰狼迅速從隊伍兩側的草叢中竄出，阻擋在我方與哈勇中間。牠們面對著手持狩獵武器的我方隊伍，狼毛豎立，露出利齒，面目猙獰，竟絲毫不顯畏懼，並發出低沉的喉音，警示著我們不要靠近。

我的心忽地一涼——只因心裡明白，搭救哈勇的最佳時機現已錯失。若是仍執意冒險放箭，極可能會誤傷哈勇，更會導致我方與灰狼群的正面衝突。若真如此，我方寡不敵眾，恐怕難逃全軍覆沒的命運。

這是灰狼群面對其他動物群體時的典型獵捕模式：牠們會先讓自己處於隱蔽處，待時機成熟時出奇不意地對群體中較易落單的一、兩個個體進行襲擊，先使其失去行動能力，再以威嚇姿態將群體中剩餘的動物逼退，好讓已到手的獵物與原群體隔離。待剩餘的動物知難而退後，狼群最後才會對獵物進行進食動作，以避免因進食時被中斷而暴露出弱點。

灰狼群極其聰穎，獵物到手後，哪怕數量稀少或是只有一隻，牠們仍會見好就收，鮮少會另冒風險企圖攻擊剩餘下來、已有警戒心的動物群。

在狼群之中，有一匹體型高大、毛色較深的狼，直挺挺的站在狼群前方。牠沒有露出利齒，也沒有發出低沉的喉音，其深邃的黑色瞳孔卻讓人不寒而慄；牠是一頭高貴的「阿查安」，那支狼群的領導者。方才高亢的狼嚎，應是由他發出。

與牠對望著，我在心中閃過了最殘酷的打算。

※※※

「最殘酷的……打算？」

「嗯……身為一個領導人，基於群體中多數人的人身安全……有時候，是必須做出殘酷的決定的。」

「爺爺……我不明白。」

「當時，我只有兩個選擇。其一，命族人向灰狼群展開攻勢，嘗試救回哈勇，再退出密林。」

「那……第二個選擇呢？」梅兒天真地追問。

「第二個選擇……命族人立即撤退，以避免與灰狼群正面衝突導致更多人員死傷。那也就是……放棄哈勇。」

※※※

「撤退！」與灰狼群僵持了不久後，我毅然向族人下達撤退指令。只見族人們怔怔地站著不動，不知所措著，其中幾人手中的長弓還含著箭，持石斧或石矛的族人亦仍維持著將隨時投擲武器的姿態。我見狀，粗聲再道：「我說撤退！太遲了！」他們這才放棄營救哈勇的希望，邊面對著灰狼群、邊開始緩緩向後方移動，視線仍不敢移開眼前的強敵。

「薩達支隊長！」從方才便沉默無語的克里斯，聽見我的命令，突然急促地喊了我的名字，似乎對此命令有所異議。他將石斧換至左手持握，伸起右手向他背在背上的矛筒探去，並熟練地從中掏出一只石矛，高喊：「我能命中！」說完便作勢要做出投擲。

我見狀，趕緊打出手勢阻止：「不可衝動！打起來，對我方不利，以大局為重！」

他似乎心有不甘，但還是緩慢地放下了石矛，跟著族人們撤退。

灰狼群消失在視線範圍後，我們再次聽見哈勇的嚎叫聲——只是這次，僅是簡短倉促的一聲……其後聲音便止了。

離開了密林的外圍，眾人稍作放鬆，惟個個默不作聲；誰都不願打破那充滿著悲憂的凝重氣氛。天色漸黑，四周逐漸響起相對於白日而言較為平和的蟲鳴鳥叫之聲。一些鳥獸或許剛結束了當日的覓食工作，正要返回棲息地，與夥伴分享當日所獲。另一些夜行性蟲獸則才從巢穴探出身子，正要開始牠們新的一天。而我們卻是一無所獲，白白浪費了秋末寶貴的一日，更失去了一位夥伴。

那並不是我第一次於狩獵工作中喪失夥伴，但我的心仍悶悶不已，同時敬畏著自然界不可小覷、也不該小覷的力量。

「我得回去。」克里斯突然停下腳步，冷靜說道，語氣中聽不出任何情緒，眼神卻是堅定。我想起了與他初次見面時的情景。

隊伍中最為年長的族人拍了拍克里斯的肩膀：「別去了，來不及了……」

「我知道……但我還是得回去。」不等族人說完，他先搶話。語畢他便手持石斧與石矛，快步奔回密林。

「你找死？快回來！」我厲聲道，他卻毫不理會。

「天色黑了！而且那裡是灰狼群的棲息地！你會送命的！」最為年長的族人亦再次出言規勸克里斯打消念頭，但他仍頭也不回的走了。他的身影，很快就消失在密林之中。

我以為，那會是我最後一次見到克里斯了。

當晚，西北區的族人生起了營火，聚集起來，在營火周圍一圈圈地圍站著。那是一場祈福會，每當部族中有成員因狩獵或與他族發生衝突而死亡時，族裡的長者便會主持這樣以區為單位的祈福會，祈求良善的浮靈們慈心赦免死去族人一生所犯的一切過錯，並接納他的亡靈成為守護部族的靈，以免流連至荒蕪之地，終成惡靈。

哈勇的父親在哈勇尚未通過成年禮以前就去世了；同樣是在狩獵中發生了意外。兩年內接連失去了丈夫和兒子的哈勇母親，站在一層層人形圓圈的最內層，我和族裡的長者們的身邊，哭的泣不成聲，彷彿眾人齊心祈禱的聲音也絲毫無法減緩她無聲的悲痛。

祈福會進行到一半，站在較外圍的族人驟然騷動了起來，並讓出了一條路，讓遠處一個模糊不清的人影緩步靠近。那人的步伐雖是緩慢，且背部彎拱，乍看之下猶如已直不起腰的老人，但一步步踏出的步伐卻是堅毅穩固。待他靠近時，營火橘紅色的光芒照在他的臉上……以及那一頭金髮上，我才看清楚了——是克里斯。

只見他全身上下滿是傷痕，額頭上的傷口流出鮮紅的血液，正好留到了他的左眉間，他只得閉上左眼，單靠右眼行動。胸口上方靠近鎖骨的位子亦高掛著一道頗深的爪痕。我不禁在心裡想像著，如果這記灰狼的爪擊，稍稍再向上移動了半吋，那便是咽喉要害……克里斯恐怕當場喪命。

他駝著的背部，原來是背著些甚麼東西——原本他背上的矛筒已不見蹤影——在那位置取而代之的，竟是哈勇屍首的殘骸！

他走至哈勇母親面前，以半跪姿勢輕輕地將哈勇的殘骸卸了下來，對哈勇的母親說：「對不起……我只拿回了……這些……而已……」

「吾兒啊……」哈勇母親眼見已殘缺不全、不成人形的兒子的屍首，先是愣怔了短暫的一瞬，接著緊緊抱起兒子的身體，放聲大哭了起來，清澈的淚珠從緊閉的眼縫間流了下來。我本欲上前安慰，卻實在不知該說些甚麼……

待她情緒稍微恢復平靜後，她握起克里斯的手道：「來自他方的異族人呀……謝謝你。」他們共享了那悼念哈勇的短暫的、寧靜的一刻；那一刻，是只屬於他們二人的。

「喂！你這樣，不符合綱紀！」最初押回克里斯且原為庫特塔下屬的那兩位族人中的其中一人，突然從人群中鑽到了營火前，伸手指向克里斯，高聲嚷嚷了起來。

出於連自己也不明所以的直覺，我順勢按壓住他直指著克里斯的手，將他往後拉了一把，示意要他住嘴並退下。他怒視著我；雖基於我支隊長的身份而對我敢怒不敢言，但眼中仍閃爍著忿忿不平的火光。他轉身欲尋求其他族人的支持，這才吃了一驚——只因出乎他所預料，同樣的憤怒火光，其他族人卻是投射在他自己身上。其中一位長者淡淡地道出了一番話：「綱紀是死的，人是活的，且先祖規定不可當日重返族人喪命之地，理應是出於對其他族人的保護。這異族人自願返回險地帶回族人之體，應無違背綱紀初衷之虞。」反對克里斯的族人這才自討沒趣地退回了人群中。

或許吧，克里斯真的曾有過那麼一段時間，真心將自己視為我族的一員，接納著我族……而我族中的多數人也同樣接納著他。

克里斯口中曾說過的「和平」，本是在垂手可得的不遠處呀！——我是真的如此相信過。

（三）

梅蘭妮

雖然同學們都把我當成怪胎般看待，但那天放學回家，我還是有些迫不及待地小跑步衝進廚房，搜尋著母親的身影。

「媽！我回來了！我跟妳說喔！……」

本以為告訴母親，我參加了社區關懷黑暗人種的志工活動，從下週開始，我會利用週六下午的時間去位於市中心一所特殊醫療機構探望一位重病的黑暗人時，母親會感到欣慰並予以支持。

卻是沒有想到，母親聽到這樣的消息後，非但沒有停下在廚房的工作，甚至連正眼都沒看我一眼，只顧著用主廚刀將位於砧板上一大塊暗紅色、尚未退冰完全的牛肉一片片地切下。母親眉頭深鎖了起來，仍舊忙於手邊的廚務，口氣明顯不悅：「啊妳怎麼沒有先跟我們商量一下？」

「我……我只是……想說……」我原本高掛在臉上的笑容立刻如太陽日落在西方的山頭般沉了下去。

「梅兒，妳確定這樣好嗎？」不等我想出個甚麼具備說服力的理由，母親不耐煩地打斷我，好似早已在心裡直接否定了這整件事情的價值。她瞥了我一眼，接著說：「我的意思是說，這樣難道不會……有甚麼風險嗎？啊他們會不會發給妳隔離衣之類的東西穿呀？啊所以說，妳還要近距離接觸到那位黑暗人喔？」

「那位老人應該是確定沒有傳染病啦……不然應該也不會活到現在呀。而且，聽說他還是對公民藥的研發有所貢獻的黑暗人哩！好像是……他的身體裡面含有天然的抗體之類的。」

「那……個性呢？他會不會很凶暴呀？妳應該知道，歷史上那些經常引起戰爭的黑暗人種，都是些迷信祕法、巫術，而且天性凶殘的野蠻人吧？學校的歷史課，不是都有教過嗎？啊妳怎麼還會想去參加這種活動哩？」

「媽，不用擔心啦……應該是很安全的啦。」母親一連串機關槍似的質疑，我簡直難以招架，只得一語帶過，潦草結束了這段令人失望的對話。

然而，當我轉身離開廚房的時候，我卻意識到——「媽，不用擔心啦……應該是很安全的啦。」——這句話，我竟是說的那麼地不肯定。報名了這個活動……我甚至感到有些後悔了。

※※※

爸媽因不滿我的擅自決定，加上父親週末經常需要與食品加工廠的合作廠商吃飯應酬，故要求我自行搭乘公車往返醫療機構。不過這倒也沒甚麼大不了的，反正從公車站下車後直接步行至醫療機構，也不過是大約五分鐘的路程。

我還記得與薩達爺爺初次見面的那天，有大批的記者團隊以及前來圍觀的民眾將醫療機構的入口堵的水洩不通。眼見我的出現，記者蜂擁而上，個個拼了命地把手中的麥克風往我的嘴前湊，攝影師們則是透過一架疊著一架、黑壓壓的攝影機鏡頭目不轉睛地盯著我不放。沒有預料到會出現這樣的場面，突然成為眾人目光的焦點，我的心跳加速、寒毛直豎、掌心冒出冷汗，更不禁在心裡頭打了好大的一個哆嗦。

「梅蘭妮・李小姐，這個社區關懷黑暗人種的志工活動，我們全春田市的初級及高級中學就只有妳一個人報名參加，請問妳有沒有甚麼感想？」一位年輕貌美、口條清晰、身穿桃紅色西裝外套內搭白色低胸上衣的女記者率先發問。

「李小姐，請問一下，妳是黑鬼愛人嗎？還是說妳只是單純的想看看黑暗人是長怎樣的？」不等我回答上個問題，一位穿著不怎麼體面的男性記者搶著問了一個跟他一樣不怎麼入流的鬼問題。

「李小姐，請問妳今年幾歲？妳是因為支持跨族聯姻才來的嗎？妳不覺得妳太年輕了嗎？」另一位中年女記者跟著發了一段廢言，根本文不對題，很顯然事前沒有做足準備工作，只是被所屬公司一窩蜂的派來這做採訪工作的馬虎記者。

「李小姐，妳知道黑鬼要為我們今天低迷的經濟、壽命的減短、以及過熱的氣候負上很大的責任嗎？妳參加了這個活動，就等同於表明了妳支持為次等人爭取人權的立場。妳的年紀那麼小，妳爸媽知道妳這樣嗎？」這問題的提問者是一位配帶眼鏡的年輕男性，目測約是二十來歲吧。他的面貌明明還算清秀，甚至可以稱的上是帥哥，但其尖酸刻薄的說話態度，還是讓我聯想到了那些獐頭鼠目的角色，令人煩厭。他似乎不是記者，而是隨意拿了支麥克風便硬混進來的抗議人士。

此人此言一出，記者們頓時安靜了下來，倒也讓我逮到稍作喘息的片刻。我不理會上述那些擾人的問題（因為也不知應如何回答），趕緊集中精神環顧了四周，試圖尋找是否有院方的人員能夠替我解圍……這才看仔細了……那些圍觀民眾手中高舉著的立牌與海報上頭所撰寫的語句：“梅蘭妮，黑鬼愛人！叛族賊！滾回妳家！”、“反對多種族社會！勿讓傳染病的禍源遺禍萬年！”、“捍衛優良基因！次等人早該絕種！”、“必要之惡：為杜絕傳染病再次擴散，呼籲新政府盡快執行黑暗人種的人道安樂死！”

我還未來得及整理好思緒，某位抗議人士突然帶頭高喊起了口號：「滾回去！黑暗人亡！滾回去！黑暗人亡！滾回去！黑暗人亡！……」

我頓時感到頭皮發麻、頭昏目眩，一時間沒能站穩，差點跌坐在機構入口處的台階上。

終於，一位身穿白袍的醫療人員總算察覺到機構入口處的騷動。他從機構裡頭走出來，簡單向我確認身份後便趕緊擁護我進入機構內，並將記者及抗議人士擋在外頭：「有關正式的記者會目前暫定在下週，到時候會由我們院長費曼博士和春田市市長史都華先生聯合對外招開。為了避免影響這次社區關懷活動參與者的心情，請大家先回去吧……謝謝各位。」他不理會記者們的追問，關上了大門，人群這才陸續不歡而散。

醫療人員首先帶我來到一間中小型的會議室；雖說是中小型的，但大概還是有學校教室大小的一半，至少可以容納個十幾個人。十來張活動式黑色辦公椅在會議室內整齊劃一地一字排開，好似紀律嚴明的士兵迎接著長官或是甚麼重要人士的到來，半點兒都不敢馬虎。我忽然感到方才被記者和抗議人士推到谷底的自尊心瞬間獲得了提升。「梅兒，沒事的，這並不是甚麼可恥的事情呀！這明明是對的事情……他們才是錯的！」——我這麼告訴自己。

我本想選擇一張位於右側靠近出入口的椅子坐下，但聽說這次活動的參與者就只有我一個人，若是待會兒解說人員一直得把頭轉向坐在角落的我，那肯定會是有些尷尬及怪異的狀況。於是我還是乖乖選了一張位於會議室中央的椅子。

旋即來了三位薩達爺爺的主治醫師以及一位助理醫師。他們向我自我介紹後，便分別針對他們擅長的醫學研究領域向我解說薩達爺爺的病情及精神狀況。一開始的簡介還好，但是到了後來，他們所使用的醫學術語和投影片上頭的內容都非常的專業……專業到大部份內容我既聽不懂也看不懂；而他們似乎也不是很在乎我是否能夠吸收，這些解說對他們來說好像只是例行公事。整個上午就在冗長沉悶的解說中渡過。

到了下午，一位中年護士才引導我來到薩達爺爺所在的病房，病房位於一樓其中一條通道最底端的角落。進入房裡，我先環顧了四周——那是一間接近純白色的單人病房，除了牆面上幾處可能因天氣變化而造成的油漆崩裂的痕跡以外，幾乎找不到任何其他瑕疵。在牆邊的地板上，雖有幾處空調送風口正盡責地將空氣送入室內，但整間病房不知為何原因，竟沒有任何一扇窗戶，整體環境也似乎因此有些通風不良。我總感覺一直有股刺鼻的消毒水味道撲鼻而來，竄入我的鼻腔，進到了肺裡。起初，這讓我感到頗不自在，但一會兒之後倒也就習慣了。

病房裡幾乎沒有任何一丁點多餘的裝飾——一位病人，一張病床，一只活動式點滴架，數台用途不明的機械設備……沒有其他東西了。

※※※

薩達

我不得不承認，克里斯非常懂得以適時釋出善意之法，博得我和族人們進一步的信任，猶如老奸巨猾的賭場老千，總會讓坐在牌桌另一端的受害者先嘗嘗甜頭，待對方卸下心防後，再一口氣將他的一切籌碼一掃而空。

事後想來，那日他冒險犯難帶回哈勇屍首的義舉，即是類似此種經過精心設計的舉動，旨在贏取人心，並加深我對他的認同感。那麼，我便會持續在族長面前為他多多美言，最後終能促使他順利與族長當面交談，並於談判中達成協議。

外交。

克里斯隻身前來我族的目的，即為取得我族信任，並代表「人族」與族長面對面實行個人外交。

※※※

儘管糧食的囤積並不是十分充分，那年秋末及入冬時的狀況，除了哈勇令人痛心的辭世以外，倒比預期中要來的順遂許多；冬季渡過了約莫三分之二，撇開部族裡自然走到生老病死盡頭的年長者不論，幾乎沒有其他族人因嚴寒或飢餓而死亡。就過往經驗而論，這可謂相當罕見的現象。或許，這正是哈勇在天之靈的保佑吧。

眼看著部族應能順利迎接即將來臨的新春，像是向日葵迎向嶄新的日光般，那年族人定能收穫滿載、繁榮昌盛。

然而，好景不常。或許一切即是在克里斯終於如願以償得以見著族長的那個瞬間變了調……

「嚴明的邦悟族長，一切安好。謝謝您終於願意正視我了。」克里斯身穿我族以苧麻製成的衣物，以半跪之姿跪站在族長面前。當初他前來我族時所穿的那套連身怪異服飾已許久不見他有再穿過。他的下巴微仰，右手輕握拳舉在胸口，軀幹筆挺，胸部微向前傾；不論是向族長問好的姿勢，抑或是漩濆居民所使用的語言，他都已能運用的熟悉流利。縱然膚色及髮色與我族族人著實存在著截然不同的差異，但他看上去彷彿已是一位道道地地的「阿曼爾特族」族人了。

「異族人……不，應該稱呼你為克里斯。請起來吧，你有何事相求。」族長低沉的嗓音與嚴肅的語氣中帶有一股雖不顯著卻確實存在的祥和氣息。他使左手伸向克里斯的後頸，輕托著他起身。此乃部族中的長輩對晚輩表達關愛的舉動之一——這便是說明了，邦悟族長已不再視克里斯為全然的外人。

雖不清楚克里斯和他們異族人究竟有何要事需與我族商討談判，但眼見著這一幕，我的心情是舒坦的……是在為克里斯感到高興。

「謝謝族長……實不相瞞，我們會從遙遠的家園離鄉背井前來此地，實是被攸關我們人類物種存亡的危機所驅使。會冒昧前來貴族棲息之地，亦是為了能夠有機會與您和『阿曼爾特族』闡明這一切。不知族長是否願意聽我說下去？」

「我願意，你請說吧。」

「謝謝您。是這樣的，百年前，我們人類在原本居住的星球遭遇到了一場浩劫；我們在『人類淨化計劃』的實驗當中發生了意外，不慎將用以淨化膚色和髮色的瑕疵藥品散佈到了民間，導致人人體內都產生了過多的白素細胞。」

「白素……細胞？」我站在一旁聆聽著這些前所未聞的外族異事，忍不住插了嘴提問。

「對，就是……嗯，原本我們用以抑制人體內黑素細胞生長的生化藥劑。沒想到，這些細胞像是具有意識似的，在我們體內過度的分裂、擴散，侵蝕了所有的黑素細胞，演變成一種不受控制的細胞癌，進而導致人類的壽命逐漸縮短。我們已經嘗試過許多方法，但都沒辦法根除白素細胞的擴散及遺傳……這樣下去，我們人類會滅亡的呀。」克里斯的神情轉為驚恐，似乎正想像著那樣的光景。

「你口中所述之人類術語，我們不甚瞭解。但這一切，又與我『阿曼爾特族』有何關聯呢？」

「嗯，經過我們的調查，我們研判貴族族人的ＤＮＡ……呃，就是說，從演化的角度來看，我們人類與你們『阿曼爾特族』在生理的結構上應該很相似，而你們的體內應該存在著大量的黑素細胞。只要你們願意讓我們進行一些人體實驗，想辦法從你們的血液中提煉出能夠抑制白素細胞過度生長的解藥，我們人類就能得救了！」

「所以，你是希望我族的族人，能夠讓你們進行所謂的……人體實驗？」

「是的……這是沒有任何危險的實驗，只是簡單的抽點血而已……萬事拜託了！……族長，你們是我們人類避免滅絕的最後希望了！」

※※※

「那……結果呢？人類得救了嗎？」梅兒好奇地問。

「因應克里斯的要求，邦悟族長不疑有他；在克里斯代表『人族』保證，人類定會在『漩澴大地』上與其他族群和平共存以後，族長決定向『人族』釋出善意，便徵求了五百名部族中的成年男性與克里斯一同返回人類的殖民地……進行所謂的人體實驗。」

「那實驗成功了嗎？」

「不……我想，不算是成功。或者應該是說，實驗至今仍在進行。」

「那……那五百位族人呢？」

「那五百位族人……在經過慘無人道的漫長實驗之後，都已陸續死亡了……至今，恐怕就剩下一人還活著。」

「只剩下……一個人！可是克里斯不是說……實驗是沒有任何危險的嗎……」梅兒顯得相當吃驚，越是話到語末，說話的聲音就變的越小、越缺乏自信，彷彿逐漸意識到因身為一位人類，她或許也或多或少都難辭其咎的罪惡。

「對，只剩下一個人。應該也……活不了多久了吧。」

※※※

梅蘭妮

第一次見著薩達爺爺時，我不禁倒抽了一口氣。我從來沒有見過任何一個人，擁有那樣、那麼……黑的像是木炭的皮膚。

感到失落——「以後……再也見不到爺爺了嗎？」——「我、我不介意啊！我還是可以去探望他！」我趕緊接話。不料，對方的口氣驟然刻薄了起來：「妳這孩子怎麼說不聽呀？能不能來，不是妳能決定的。我們說不用來就是不用來了，這樣妳明白了沒有？」

想當然耳，我根本沒有說「沒有」的選項。

※※※

薩達

「艾卜杜勒哈克先……啊！還是應該稱呼你為『阿查安』先生呢？」我從淺眠中醒來，意識到有人正轉動著房門上的握把，緊接著房門被推開。本以為是梅兒，卻傳來了那人擾人的聲音。

「哼，是你。請問有何貴幹？」

「怎麼？不歡迎我呀？」那抹令人極其厭惡的陰森笑容肯定又浮現在他臉上，我雙眼瞎了倒好，眼不見為淨。他接著用居高臨下的口吻道：「我看你閒閒沒事、怕你悶的發慌，所以特別來告訴你一個好消息……和一個壞消息呢。說吧，你想要先聽哪一個呀？」我懶的理會，他便自故自地說了下去，活像個唱慣了獨角戲的小丑：「看你一副嚴肅的模樣，那就先從好消息說起好了。咳咳……」他裝模作樣地清了清喉嚨：「我們成功了呢！」

「你說……你說，甚麼東西成功了？」他確實成功引起了我的興趣。

「剛才不是還一副不想知道的樣子嗎？成功了……那當然是指抗體的研發呀！你活傻了呀？哈！」

「你……這說的可是真話？」

「那當然！這種事情，對你撒謊，我們有甚麼好處嗎？沒有嘛！是真的呦，這次的抗體，可不是之前那些治標不治本的瑕疵品呦……這次可是貨真價實、能夠根除白素細胞擴散的特效藥！」他像是得了便宜還賣乖的奸商，越說越是興奮，簡直不能自已。

「那還真的是恭喜你們喔。」我模仿著他的語氣，裝作滿不在乎的樣子，欲藉機揶揄他一番——但在我心裡……這消息是來得如此震撼呀！

我的心情，頓時五味雜陳。族人和自己的犧牲，終於有了結果——聽到這樣的消息，我究竟是否感到高興？又是否應該感到高興？連我自己都弄不清了。

「彼此彼此呀！沒想到，找個小女孩來陪你說說話、聊聊天，這麼有效啊！這次真的是多虧了那個……她叫甚麼來著……喔，對了，梅蘭妮・李，讓你這隻可憐蟲的心情變好。真是一絕呀，立刻奏效！」

「甚麼？……你這是……甚麼意思？」

「哈！你們這些次等人，還真不愧是次等人，真的是蠢的可以！你沒看到插在你後腦勺上的那條橡皮管嗎？喔……我倒忘了，你看不見嘛。告訴你吧，那可是用來採集你大腦分泌出來的多巴胺的特製吸管呦！」

「多巴胺？」

「唉，就說你們這些野蠻人不懂科學的偉大，就只能等著滅絕囉！」

「要不是因為想幫助你們！我『阿曼爾特族』又怎麼會……」我動了怒，雙手伸向他說話聲音的來處，欲緊緊掐住他的脖子，卻因缺乏視覺而只抓著了他的領口，更因長期被院方在體內注射鬆弛肌肉的麻藥，故儘管此刻滿腔怒火，平時連拾起餐具進食都有困難的左右手，這會兒仍舊是使不上半點力氣。

他輕易掙脫了我無力的束縛，用輕蔑的口氣道：「呵呵，要訴諸暴力了嗎？次等人就是次等人！」他似乎拉了拉被我稍微抓皺的上衣，緊接著再出言不遜：「哼，就憑你？你還是別白費力氣了，歇著吧！我話都還沒說完呢。剛剛說到哪裡了……喔喔，對了，多巴胺！那是當動物感到快樂……或是當心裡有所盼望的時候，會從腦部分泌出來的一種神經傳導物質呦。用你的血液所提煉出的黑素細胞皿無法達到永續生長的瓶頸，我們一直無法突破。這次呀，我們改利用你的多巴胺進行了新的研究，終於研發出能夠永久抑制白素細胞異常擴散的解藥了！這可是我們光明人百年來的創舉呀！這就是人類科學的力量！這你明白的了嗎？你是明白不了的！哈哈哈哈！……」他在滔滔不絕的過程中，享受著強烈的自我優越感。

「梅兒……梅兒，就是為了這個目的……才會來探望我的？」

這個問題，我所想問的對象，或許根本不是那人……而是我自己。

我的心頓時涼了……打從心底、徹徹底底的涼了。
「好啦！老頭，你別太難過了，反正她今後也不會再來囉……喔！對了，還有個壞消息呢！」他悠悠哉哉地環繞著病房散著步。我聽見他在牆壁上頭輕輕拍打的聲音，配合著他詭譎的腳步聲，彷彿奏出了惡魔的樂章。「聽說，你曾經試圖在這兒挖個洞逃脫呀？」他的腳步聲在位於我左側的那面牆壁面前停了下了：「哈哈！真是蠢的可以！這可是鋼筋水泥製成的牆呀！跟你們那些土著隨意用幾塊破布搭出來、連建築物都稱不上的帳篷可是不能相提並論的呀！哈哈哈！真是天真！」
「到底是甚麼壞消息？不說就快滾。」我早已失去了耐心。
「唉呦，都說了是壞消息了，你就這麼急著想知道啊？那我就告訴你吧……可是你聽了可不要太難怪呦。是這樣的啦，你也知道，我們先前太不謹慎了，已經不小心害死了太多的實驗品囉。所以啦，你的命，對我們來說，是很重要的呢！只是呢，這麼多年來，為了要一直維持你的生命力在能夠接受各種實驗的程度，新政府真的是花了不少的研究經費在你身上。如今，解藥已經研發成功啦，你的命……自然也就不用再維持囉……」

※※※

梅蘭妮

不曉得兩者之間究竟是否有所關聯，或者單純只是巧合；關懷薩達爺爺的活動被取消之後不久，新政府就推出了新一代的公民藥。

這次的藥丸在外型上與先前所服用的不大相同。這次是暗紅色的橢圓形膠囊，終於不再有苦澀味了，且一天只需服用一粒。不僅如此，最大的差異在於，只要持續每日服用藥丸達三個月左右，藥丸裡的藥劑就能在人體內產生永久性抗體，之後便不再需要服藥了。這實在是人類的一大福音吶！

新政府推出的新藥在短短幾年的時間內，就使人類的平均壽命大幅的獲得了提升。人們彷彿終於開始對明天、對未來，於心中充滿了希望與期盼。

※※※

薩達

「新政府是有考慮過啦，把你安置在阿達族的集中營……哈哈！讓你在那種冰天雪地的地方臨終，你覺得如何呀？」他用一副事不關己的口氣調侃我。

「你是說……『阿瑪達西族』！……他們還有人存活？」

我本以為，他們也已經徹底絕跡了。

「嗯哼，只有一小部份啦。他們那些黃皮膚黑頭髮的野人，體內的黑素細胞不夠充沛，不適合我們進行實驗淬鍊解藥呀，所以大部分都被撲殺囉。剩下比較願意服從的，我們就設立了集中營，留下來當作奴隸使用唄。」他理所當然地說著，又在病房裡隨意走晃。「不過上頭考慮到集中營的所在地海拔極高，氣候寒冷，你這把老骨頭恐怕是熬不住，所以就作罷囉，只好再想了其他更適合法子。」

「所以是……安樂死嗎？」我對他故意賣著關子故弄玄虛的做作語態早已感到厭惡不已，便自行揭曉了預期中那最壞的打算。

「賓果！答對囉！」

這自是預料中的結果……我卻還是感受到心裡渴望著生存……渴望著含冤的人生終能獲得平反的那最後一道曙光……但是那道曙光，仍舊猶如即將燒盡的蠟燭被突如其來的冷風給吹滅了般，霎時間便全然消失於黑暗之中。

本以為，我早已習慣了黑暗……甚至能夠擁抱黑暗、接受黑暗了……此刻，我才明白，真正的黑暗，並非雙眼的失明、雙耳的失聰……而是，當從心頭上的最後一扇窗，向外看去，所有的景象卻全被名為絕望的風霾徹底籠罩著，以至一片漆黑、伸手不見五指時……那才是，真正的黑暗。

我忽然體會到處於密閉空間時，那種令人喘不過氣的窒息感……只因意識到了，我繫在梅兒身上那一絲細如蠶絲的希望，依舊像是年久失修的吊橋，終究因承載不住兩族之間「信任」的重量而斷裂了。

（四）梅蘭妮

曾經，我期待著每個週六去探望薩達爺爺的時間。我喜歡去聽爺爺講述那些往事、那些像是神話般的民間傳說。那是令我著迷的事情。

革命性的新藥推出後的這幾年之間，爺爺的存在逐漸從我的生命中淡出，彷彿變成了一個可有可無的人影，默默站在人們用來收藏回憶的小房間裡那最不起眼的角落。

然而，我並沒有忘記薩達爺爺。我曾再訪醫療機構，希望能夠再次探望爺爺，但被拒於門外。後來，我改以致電至機構的方式詢問爺爺的近況。起初，院方的回答居然是：「我們這裡沒這個人。」一待我表明曾參與關懷活動的志工身分後，他們才改口說，爺爺已經被轉院至其他機構了；至於確切的地點，卻怎麼問也問不出個所以然來。

直到這個週日，我從現在工作的城市返回春田市探望父母親，開車順道經過春田市的醫療機構，想再去碰碰運氣、看能不能打聽到關於薩達爺爺的消息時，才赫然發現，那所醫療機構，現已被裁撤，準備被改建成一棟辦公大樓了。

「薩達爺爺和機構裡的其他病人，究竟去了哪裡？」——我總覺得，我有義務去查個水落石出。

於是，我上了圖書館，翻閱了當年的報紙、查了當時的網路新聞、並打了一通電話給春田市的現任市長（不過當然，接電話的只是市長的其中一位秘書）。但所有調查的結果都指向了同一件事情：薩達爺爺根本不曾存在——我竟然找不到任何與爺爺和那所醫療機構有關的報導和資料！

難道，這一切，都是我的幻覺嗎？

……不可能吧！

我急忙返回家中，向母親確認……

原來，與另外一個個體擁有共同的回憶，可以是如此令人雀躍的事情——母親還對我初中時曾參與過的關懷社區黑暗人種的志工活動有點印象——這便說明了，薩達爺爺確實是存在的！

但儘管如此，這次與母親談話間我才發現，母親對於從前許多事物的印象，似乎都變得有些含糊不清。也不過就六、七年的時間而已呀！母親卻連我們曾經每天都得服用的公民藥的外貌都記的不大清楚了——明明是鮮紅色和暗紅色的藥丸呀！母親卻說是淡藍色和白色的。

「啊妳還管它是甚麼顏色的藥做甚麼？反正我們現在都已經不用再吃那些抗體的藥了，不是嗎？」

母親很顯然對於事實的真相……或者應該說是，那些拼湊出真相本身的各個微小細節……並不是很在乎；就像多數的其他人一樣。

我莫名的堅持了起來，與母親爭論著。但在沒有第三者在場提供意見的情況下，我們無法做出定論。為了向自己證明，自己的記憶才是正確的，我跑上了二樓，回到現已成了半個倉庫的我的房間。我翻箱倒櫃了起來，拼了命地把堆疊在我書桌前裝滿各式雜物的好幾只大紙箱挪開。那張令人熟悉的木製書桌這才完整地出現在眼前。

「第一層抽屜裝的是文具，第二層是一些簡單的化妝品，第三層……對！日記應該是在第三層！」

我猛然拉開了第三層抽屜……果然，我那本初中時所使用的咖啡色日記本，還乖乖地躺在那兒，彷彿這些年來一直都在等待著有人會再次將它翻開。

我小心翼翼的翻開日記，因為一時間想不起有關於公民藥的描述是寫在哪裡，便從頭開始讀起。這一讀，我彷彿立刻回到了當時，坐在薩達爺爺身邊，聽他講述著回憶往事的那個小小的自己。

整個下午，時間便飛快地在我閱讀那些早已從我記憶中的第一線退至第二、甚至是第三線的內容中渡過。

※※※

「媽，妳說，薩達爺爺以前說的那些故事……真的都只是故事嗎？」天色逐漸暗了下來，窗外透進來的微弱陽光已快不足以提供我閱讀所需的光線，我這才手持日記來到後院，詢問母親的想法。

「這我怎麼知道？啊他那時候的醫生不是說他是重度憂鬱症和幻想症的患者嗎？說的話應該是不能當真的吧。」母親邊在後院將曬乾的衣服從曬衣架上收拾到一只用以收納乾淨衣物的柳編筐子裡、邊用滿不在乎的口氣回應我。

「是失憶症和妄想症啦。」我糾正了母親。她的面無表情像是在訴說著：「喔……所以呢？」

「可是，媽，妳有去過北美洲以外的其他洲……不！別說是其他洲了，妳有離開我們堪薩斯特區過嗎？」

「啊沒有又怎樣？我們現在過的好好的，豐衣足食，傳染病沒了，壽命增長了，肉品的產量也提高了，黑暗人也滅絕了、不會再有種族間的戰爭了……安分守己的穩定過生活，不是很好嗎？妳啊，也老大不小了，不要一天到晚在那邊東想西想的。好好工作，到時候找個好人家嫁，比較重要，聽懂了沒有？」

「媽……難道，妳都不會想要去外面的世界看一看嗎？說不定，我們住的地方，真的是『漩澴大地』……說不定，一直往東南西北任一方向航行的話，真的會掉進『無盡之海』的瀑布，然後就是宇宙的虛無之……」

「好奇害死貓！這句話，妳沒聽過嗎？」母親不等我說完，便厲聲打斷了我對於薩達爺爺所描述的世界的想像。「好啦！不要在這邊擋路又不幫忙。啊明天禮拜一，妳晚點要回去了吧？妳先去整理一下，等下吃了晚飯再走吧。你爸今天跟廠商吃飯，應該是不會回來吃。」

當晚在餐桌上，我心不在焉地一口接著一口將母親料理的美味佳餚送入口中，咀嚼著，卻是食而無味，好像自己的味覺向我請了假而沒有到場似的。我從客廳的窗戶向外望去，望見了高掛在黑夜當中的那兩輪一大一小潔淨無瑕的月亮，便隨口問了母親：「媽，妳說為什麼，古代的神話都沒有提到我們有兩個月亮的事情呀？阿媞米斯究竟是左月的化身，還是右月的化身？嫦娥和吳剛他們，又到底是住在左月的月宮，還是右月的月宮呢？」

「那些都只是神話而已……就跟那個黑暗人說的故事一樣，只是民間傳說……只是某些人的憑空想像。去細究這些，沒甚麼營養。妳專心吃飯好嗎？」母親仍舊無所謂地說著，態度冷漠，隨後轉移了話題：「對了，那妳最近工作怎麼樣？跟同事處的還好嗎？明年有沒有機會調薪……」

母親的聲音，不知怎麼地漸漸從我耳邊淡去。忽然間，從心底傳來了一陣類似大鼓的聲響——「咚咚！咚咚！咚咚！」——節奏漸快、漸密、漸強，聲音也越來越大、越來越磅礡……越來越徹底的掩蓋了周遭的所有雜訊。而那顆青少年時期就因薩達爺爺的緣故而在腦海中埋下、卻一直沒能萌芽的種子，似乎就在此刻發了芽，在所有既有的想法之上開出了一株鮮綠色的小草。

過了一會兒後，我才意識到，那陣鼓聲，即我自己的心跳聲——是那種當一個人準備下定決心，不顧他人反對，要去實踐某件事情時，心臟因緊張、不安及興奮的情緒而產生的劇烈收縮。

我決定，多留一個晚上，多陪父母親說說話，明日一早再走。睡前，我又花了頗大的工夫，好不容易才在書桌前騰出了個能夠將椅子拉出來的空間。我坐在椅子上，撫摸著書桌的桌面，感受桌面上那熟悉的紋路。我閉上眼睛，理了理思緒，緩緩的拿起筆，翻開了日記本前面預留的幾頁空白頁，深吸了一口氣，才下筆寫下了第一個字。

※※※

真相之卷

新紀元二百一十五年，六月三十日。天氣晴。

我的名字是梅蘭妮・李。我是北美洲新政府的一等公民，光明人種。我在學生時期曾因參與社區關懷黑暗人種的志工活動，認識了一位名為薩達高加特・艾卜杜勒哈克的老人。這本日記……除了開頭的這篇是現在才加上來的之外，其餘都是在那段時期所寫下的，主要紀錄了我所知道關於薩達爺爺的一切，以及一小部份我對於我們所處社會的觀察及描述。

薩達爺爺是一位年長的黑暗人。同時，也是一位患有重度妄想症及失憶症的精神病患者。

爺爺總會在我探望他的時候告訴我，他並不是人類，而是一個名為「阿曼爾特族」的民族的倖存者。他深信我們現今所居住的地方，也不是地球上的北美洲，而是一片漂浮在無盡之海中央，名為「漩澴大地」的大陸。

當時，爺爺經常向我敘述他在這片「漩澴大地」上所經歷過的事情，以及人類最初移民至該地的過程。爺爺堅信著他的這些幻想，幻想很大程度的取代了他對現實的認知，其情緒亦經常被幻想給左右著。

爺爺的主治醫師告訴過我，爺爺會在腦海裡想像出這些他自以為確實經歷過的非現實想法，主因是他的頭部曾受過撞擊，再加上年輕時就失去了親人的心理創傷，在潛意識中為了應付這種難以抹煞的傷痛，才會產生出這些虛構的經歷來取代現實，是一種典型的心理防衛機制。醫生還說，嚴重的時候，爺爺還會對著空氣自言自語，自言自語的內容則有嚴重的被害妄想症傾向。

然而，從小到大，我在以光明人種為主的人類社會中觀察到了可用以貼切形容多數人的兩件事情。其一，人們總是會把對自身有利的結果視為理所當然；比方說，人類愛好肉類食品——這點我不得不承認，我自己也愛——但是同時，我們是否總是把經濟動物在被人工培育時所失去的自由視為理所當然？甚至將動物被養殖及遭到屠宰的過程中所受到的痛苦，也一併當作是天經地義？

其二，在虛實之間，人們鮮少會對所謂真相的本質及真偽提出質疑……當然啦，前提是當這個「真相」對自己並無影響，或是利大於弊的時候；為什麼薩達爺爺口中所說的「經歷」，在眾人眼裡永遠只是某個精神病院的瘋子所捏造的荒唐「故事」？甚至連他這個人的存在本身，疑似在充分利用完了之後，就立刻被人類社會給遺忘得一乾二淨？有沒有那麼千分之一、甚至是萬分之一的可能，是因為他所訴說的往事，對現今的人類而言，正是一段不堪回首的卑劣歷史？一向高舉科學、重視探索未知的光明人，才會對其充耳不聞，突然就失去了求知的動力？甚至是予以壓制以求將其滅口，以便掩飾真相、竄改歷史？究竟何為虛？何為實？

或許，真正的問題在於，根本沒甚麼人在乎。

許多人會覺得我也是個瘋子……或是叛徒吧。無所謂。

從明日起，我要筆直地朝東方的海域前進。由於新政府早在近百年前就已不知為何原因而禁止了人類空中載具的發展，因此我必須以船隻航行於海上，橫渡大西洋——就像中世紀的哥倫布那樣。若是如此，根據現今的世界地圖，我理應會靠岸在非洲或是歐洲的西側。

可能我把這一切都想的太容易了。或許吧。

但若非如此，我又要如何證明，地球和「漩澴大地」這兩者之中，必有一者為非的事實呢；換句話說，也就是薩達爺爺所說的「歷史」，和光明人的教科書裡所述的「歷史」，在兩者無法重疊吻合的情況下，其中必有一者為虛偽的真相。

根據爺爺的說法，「漩澴大地」位於一片一望無際的大海中央，「阿曼爾特族」族人稱這片海為「無盡之海」。「無盡之海」浩瀚無垠、摸不著邊際，曾有漩澴居民嘗試探索大海，但全都一去不返。傳說，在海的盡頭，是一道環狀的懸崖，海流到了那裡，便形成了瀑布，將航行到範圍內的船隻全都吸了進去。船隻掉進了瀑布，便是掉進了虛無的深淵（這指的應該就是我們所說的宇宙吧）；那麼，就永遠回不來了。

我並不清楚，在旅途的路上，是否能夠找到願意與我同行的夥伴；更不曉得，賺取足夠的經費購船、造船，並往返大西洋，總共會需要多少時間……嗯，二十年嗎？大概吧！

這本日記，就某種意義層面和可能性上來看，應該也可算是我的遺書……你說是嗎？

我將這本日記命名為「真相之卷」，並會在明日出發以前，將它偷偷收藏在春田市的圖書館，三樓，歷史類書籍的書架上。我先前就去勘查過了，那裡的書全都染上了一層厚厚的灰塵。所以我想，應該是不會那麼快被發現的。

如果有一天，你發現了這本日記，而時間也已超過了距今二十年的新紀元兩百三十五年，而你卻還是沒有在新聞上聽說過我的消息……（「正妹探險家梅蘭妮・李，費時二十年，終於成功橫跨大西洋並往返，只為證明世界地圖無誤！」……我想，大概會是類似這樣的報導吧？）……總之，倘若我音訊全無的話，我希望，愛好歷史的你（當然，這只是我的假設。你會來翻閱這裡的書籍，總是有個原因吧？就算你不愛歷史也沒關係的），能夠幫助我完成三件事情：

一、在日記封面的內側有寫著我家的電話和地址。請通知我的父母親，代替我向他們道歉，請他們原諒我的恣意妄為，並謝謝他們這麼多年來的養育之恩。

二、請替薩達爺爺和我做個簡單的悼念儀式（我也只能夠假設爺爺已經辭世了）；一切從簡，象徵性的即可。

三、亦是最重要的一點：請將這本日記公諸於世。我並不指望人們會把它當作是一回事，只希望那些在乎的人，能夠有管道看到它。

最後，我衷心的希望，閱讀著這些文字的你，不要只是把這本日記當作是某個瘋子腦海裡幻想出來的故事……以及某個憤世嫉俗的偏執狂的風言風語來看待。

因為，這本日記所紀錄的爺爺所告訴我的一切，很可能，才是我們所認知的世界……以及人類本性的，最真實的樣貌。

梅蘭妮・李　筆

06/30/215 A.C

第三屆・優選

〈永無島的旋律〉

曾昭榕

作者簡介／曾昭榕

中正中文、成大碩班畢業，兩個孩子的媽、認真應付107課綱的國文老師、目前學習如何再行政工作做一顆小小螺絲釘。

還好生活中總有些美好的療癒時光，比如說投稿、比如甜食……作品有《星海之城：奧羅拉》、〈文字咒〉被收錄於104九歌年度散文選，預計106年在秀威出版第二本小說《星海之城：巴薩拉》，如果地球還未毀滅的話。

這部金車奇幻優選的作品其實是《星海之城·巴薩拉》的片段，如果喜歡我的故事並意猶未盡的讀者，希望你會更喜歡他的全貌。

★烏托邦

每天早晨統一八點整，烏托邦中大小不同自鳴鐘同時響起，發出一連串鳴奏後，整齊有致吶喊：社群、穩定、統一，我們是完美的新人類，啊！這是多麼美麗的新世界。

歌曲以管弦樂再男高音重複播放後停止，彈一下手指牆上金鶯形狀的自鳴鐘隱沒，金鶯代表她的身分，被歸於藝術領域的人類，此外依照工作領域不同，電路板代表機械、房屋代表建築、書本代表語文……各個不同領域的人類，都有其相對應的代表物。

手上晶片登錄的ＩＤ是Aa39號，她的名字叫歌悅。

望向窗外，在烏托邦六角水晶體形狀的市中心，兀立巨大噴水池的中央，聳立了三只女神像，希臘神話中的命運三女神：阿特洛波斯、拉克西斯以及可羅索。

輝煌如交響曲般的斑斕白晝下，每隔三十分鐘，自動化精密的機械便會以音樂與七彩水柱交織成剎生剎滅的圓弧，灑向正中聳立著一百多尺高的命運女神，手中象徵基因的螺旋染色體在阿特洛波斯手中纏繞，經拉克西斯修補，再由可羅索縫綴成人。

不再扮演剪斷人類生命線的角色，可羅索可說是烏托邦最具體而微的象徵，正因科學家解開了可羅索基因之謎，才發展出完美的新人類。

烏托邦的居民都由Ａ到Ｚ編碼，後面的數字代表你是第幾號的複製人。

換言之，在歌悅誕生之前，至少有三十八個和歌悅長個一模一樣、擁有相同血型和DNA的人，而之後，她則不知道還有多少與她有著相同基因族譜的人在培養皿中被複製。某種程度而言，這些人比她的姊妹還親，當然，前提是烏托邦裡的所有人都有手足這種存在，但她們卻像微塵一樣散佈在烏托邦的周遭，與她了無牽涉，即使見了面，也只是如同行星般短暫的交會，友善微笑、離去。

而每一字母大類底下還有十五到二十六個左右的細項分類，烏托邦是個高度分工的精細社會，一開始籌備聯邦政府之際，政府便訂定一套井然有序卻又條理分明的作業系統，如同輸送帶一般，打從你一誕生在人造子宮，便按照不同輸送帶被運往不同的地方，學習你基因設計中相對應的職業，以完成城邦中不同需求的職業分工，使國家如同穩健的星辰軌道運轉不息。

A大類是藝術領域：而之後的a小類代表的是演員，因此a類型的人都具備頎長高挑的體型、絲絨般閃亮的歌喉、和柔軟如彈簧的身段，以便在音樂劇、歌劇、舞台劇的演出都可得心應手，而b代表的則是音樂演奏，因此b小類的人都有著細長而靈敏的手指和絕對音感，c小類代表繪畫，因此c小類的人都能瞬間分辨鵝黃和米黃色卡上的細微差異，且擁有過目不忘的動態視力與四色視覺，當一只振翅的蝴蝶飛來之際，能準確的用水晶體分辨出紫外光，以確認瞬息萬變的翅翼是小紫斑蝶、端紫斑蝶或斯氏紫斑蝶。

她曾經聽說b小類誕生出了一個音癡，當她被保母撫育到離開托育中心的年齡，仍無法分辨全音與半音，每次唱歌時總是走調，像是一群黃鶯中卻出現了一隻嘔啞嘲雜的烏鴉，音調和諧的蜂群卻闖入了一隻嗡鬧的蚱蜢。

後來這孩子怎麼了呢？聽說被回收了。

回收究竟是什麼一回事？她也不知道，有人說是死了，有人說是被外放到地下的灰洞去了。正如光與闇，生與死一般，做為完美之城烏托邦底下，也有其對應的影城—灰洞，那是一個只存在在烏托邦的居民的口耳相傳中，如同細菌肉眼不可見卻確定的存在，究竟是一個什麼樣的地方呢？

在烏托邦中，所有居民到了一定年齡便可提出生育申請，經過精密醫療檢查後，國家基因局會提供篩選過的優良受精卵，先在培養槽溶液中以二的六次方成長，分裂生長為六十四顆一模一樣，有著相同DNA序號的受精卵，一對夫妻限定一胎，之後便進行結紮手術，私人的性行為絕對禁止，體內受精更會被處以重罪。

一個偶然的狀況，歌悅發現自己懷孕了。

她很難形容那次的突發狀況，事實上，連她本人事後回憶此事，都有一種柏拉圖式神聖的瘋狂。這天，因為排練普契尼的《波希米亞人》晚歸之際，原本順著既定路線回家的她，偶然看到了一隻雜色的虎斑貓，這隻貓咪一開始癱軟在屋頂上，蜜釀似的陽光滴漏在音階似整齊的斑紋上，像是魯本斯畫作那樣柔光滿溢。

不知怎麼，不是她日常熟悉暹羅貓波斯貓三毛貓抑或索馬利貓，烏托邦中家畜也是經過優良配種的，每一種都恍若古典畫作走出來那樣優雅且神祕，毛色柔軟且令人舒暢，但這隻貓卻與她日常所見不同，雜色的花紋猛然一看像是好幾塊破布拼縫在一起的百衲布，但卻有著康丁斯基畫作超現實莫名的拼貼感。

那貓靜定的姿態像是死了，只存皮毛的一件擺飾，然而，他卻突然動了起來，在歌悅覷著眼睛細盯的時候，回應一雙細長弦月般的貓瞳，豎起琴弓似的尾巴，八分音符的姿態一躍，以柴可夫斯基的小天鵝舞曲的節奏，前進。

順著貓的節拍歌悅發現自己迷途來到了城邦的邊緣，在那裡，她看見一個左肩有刺青的黑衣男子，隱身在一片蔓生的蘆葦叢中，他閉緊雙目，乍看像是畫作中臨終的基督，歌悅不自覺擺出抹大拉瑪麗亞的姿勢。

這男子和她之前所有見過的人完全不同，在烏托邦，人們共分成二十六種不同的形貌，只能依照髮型和服裝、年齡來判斷你遇見的是不是同樣的人，但這個人卻完全不一樣，他的長相獨特，像是古典樂中變奏曲。

這個男人一點也不英俊，他的眼睛太小，身材也略為矮胖，略顯寬大的臉頰中央有個肉厚的蒜頭鼻，下巴也太寬而厚實了，但歌悅卻深深的被這個男人所吸引，彷彿在一叢芬芳修剪整齊的玫瑰花中，特立一只刺目的荊棘，這奇異違和感使他看來與眾不同。

在烏托邦中，所見的男性都有著挺直的鷹勾鼻、深邃藍色眼瞳，身體每一寸：從五官位置、頭與身體比例、手腳長度，都符合古希臘黃金比例，擁有雄健飽滿胴體，最初基因改造的工程師顯然是一個極端的形式主義者，深信只有符合某些規律才可創造出獨一無二完美的人類，並實踐在優生學中，正如米開朗基羅的名言：那些人物的姿態早已存在在大理石之中，他只是移除了多餘部分。而基因改造者宣稱他們只是疑除了基因中存在的缺陷部分，讓完美裸裎。

男子說他來自於地下一個叫灰洞的地方，接著他敘述他居住地方的景象，對從未離開烏托邦的歌悅而言，每一字句都如同一千零一夜那樣引人好奇且驚嘆，在這樣的情景下，她違反了烏托邦的禁令，私自帶陌生人回家照顧。

一個月之後，陌生人離去，但卻留下了後遺症，歌悅懷孕了。

一開始她以為自己只是吃壞了肚子，起先她的身體極為不適，不斷的嘔吐和昏沉，甚至無法登台演唱，好不容易漸漸調適過後，她卻發現自己小腹逐漸增大，在所有的網路與圖書館都找不到任何資訊，直到她聯想到自己可能懷孕了，那時，已經是孕期十二週。

在烏托邦未經健檢體內受精是要受罰的，但她最擔心的是卻健檢發現ＤＮＡ不符合標準，必須人工流產，出於一種莫名的本能，她不希望這種情形發生。

而且，她還記得那名陌生人走後的言語：「等我，我會回來，帶你到我的新世界。」

她曾經和一同表演的同伴——裴琳，討論懷孕這件事情。

「胎生？那是多麼噁心的一個辭彙呀！」裴琳露出非常誇張的表情道。

裴琳是她的夥伴，兩人曾經在舞台上演過聖母懷胎產子、聖女貞德等……，她演過瑪麗亞而她是耶穌，她是貞德而裴琳是查理七世，兩人當過母子、姊妹、異性同性情侶……

而真實生活中，裴琳也是一個充滿魅力的女性，熱情有活力且時常約會，她道：「妳知道嗎？我上次才和一個Dx約會，他那頭綠色的頭髮真是迷死人了。」

D是醫學類，所有D族的人都有細長靈敏的手指頭，事實上所有D類人都是綠髮，因為綠髮是最療癒的顏色，可使一群D類人在從事醫療開刀手術時，不被紅色血液給炫的目盲。

「我真慶幸我活在一個高科技現代的天上城邦，而不是落後的地下灰洞，一想到這裡，我真的慶幸我是從中央研究室的人造子宮誕生，透過透析營養液輸送各種養分長大。聽說灰洞裡的人都是直接被生出來的，然後再被胸前流出的液體餵養長大，哺乳類胎生……一想到胸部竟然會流出這種稀白色、還帶著騷味的液體，真讓人覺得噁心不已，喔！我的天呀！」裴琳以花腔女高音的高分貝聲響道。

「妳不好奇嗎？灰洞是什麼樣的地方？」歌悅問。

「或許吧！如果妳想看看的話，幾天後政府有特休，我們可以一起報名一日灰洞之旅，會有專人導覽帶我們參觀野人的生活模式，聽說全程都有會警衛守護，保證參觀過程不會受到任何野人襲擊。」

說不出有哪裡不對，歌悅想，雖然她從未參加過官方主辦「一日之旅」，但從她認識的那名洞人，完全看不出任何「野蠻」特質，他聲音好聽獨特、性格彬彬有禮。

「妳知道嗎？我上次認識那個Cx他就是在中央實驗室工作，負責的研究員，他說有空可帶我們去那裡參觀，我們真該一起看看，二的六次方個小孩，各自浸泡在淡藍色的血液透析液裡，每個月依照週數不同施放不同的營養劑，等到長成後統一放在大型的透析液中，每一個小孩睜著一樣的藍眼睛頸部套著游泳圈，音樂聲一響，最慢游離的小孩就送去無氧室，讓腦袋暫時缺氧，製造成低能兒，送到底下灰洞。」

「這樣那些孩子太可憐了吧！」歌悅吐一口氣道。

「沒辦法，這一切不是適者生存嗎？」

不知不覺，撫著微凸的肚子，像一個遷徙的花蜂，小心翼翼隱藏自己產下的卵，她拉高衣裳，不動聲色離開。

「B級警報，B級警報，所有烏托邦居民請注意……」離去之際，牆面上廣播系統打出黃色字樣，「哎呀！不好，有人入侵烏托邦了。」裴琳道，她迅速的點開牆面警示系統，歐威爾大道附近，一只紅色光點緩緩移動，她道：「看來這裡就是入侵者的所在了，不知這些人是從哪裡來的，該不會是底下的灰洞吧！我們得趕快疏散，最遲十分鐘，烏托邦的警備軍就會包完那邊了……」話方說完，轉身，歌悅卻不知何時早已不見蹤影。

「糟糕！琉璃老師的狀況不好，在這樣顛簸下去我擔心她的子宮承受不住胎兒，我們得找地方停下來休息，不能再趕路了！」凝視著琉璃老師，茹比緊張道。

「可是我們距離南極還有幾千英哩，至少要在經歷過一次空間跳躍，我們才能到達。」

「沒有時間了，琉璃老師現在的狀況很危急，我們要立刻找一個地方讓她平躺安胎，本來以她現在的年齡，就不大適合懷孕，更何況懷孕越到後期，越要避免長途跋涉，再不趕時間，這孩子可能就保不住了。」

「那該去哪裡呢？」

「我搜尋一下，座標上離我們最近的城邦是烏托邦。」

進入市區沒多久，隆便發現他們被鎖定追蹤了。

「茹比，這是怎麼一回事呢？」隆問道。

「我也不確定，或許是晶片，烏托邦的中央主端電腦應該可以追蹤到每一個熱源身上的晶片是否是合法許可的，一但有偷渡者或外來客，比對資料庫裡的晶片代碼便一清二楚，我原本想潛入烏托邦後可以找到對琉璃老師有幫助的藥劑或是醫療儀器，但現在這個狀況看來，應該沒有辦法，我們只好趕快離開了，去烏托邦底下的影子，應該還來得及躲避追捕。」說完，她的目光投注在身旁的女子上，又道：「琉璃老師現在的狀況真的很不好，應該是之前為了擊退銀翼的激烈戰鬥中，雖然沒有受傷，但是，太過頻繁、激烈的武鬥已經造成子宮的收縮和輕微出血，我方才用電腦的超音波檢視，結果出現宮縮頻繁的症狀，其實，以琉璃老師的年齡，懷孕已經有點勉強，更何況還經歷那樣驚險的戰鬥，她現在一定非得找個地方迅速靜養不可，否則，我擔心她或是小孩，會有危險。」

琉璃正斜躺在茹比身邊，她雙目緊閉，看似正忍受某種難言的疼痛，琴弓似的嘴角微微上翹，帶了點倔強不屈之感，此時，她微微睜開眼睛，碧綠色湖水一般的眼瞳，望向飛艇之外，此時，她伸出指頭指向外面街道，像是米開朗基羅創世紀亞當與上帝接觸的手勢。

自緩緩下降的水滴形狀飛艇中，一個玩偶狀的女人走了出來，她的頭髮是蓬鬆的紅色，往上梳成愛心的形狀，上頭有著金、銀色的小天使做裝飾，四肢瘦小五官卻大而立體，她穿著一襲桃紅薄紗寬鬆的小洋裝，對她們招手。

「她是來做什麼的呢？」茹比疑惑道。

此時，那女人撮著嘴道：「妳們是從外面來的吧？快跟我走，不然偵查隊就要到了。」

眼前的情況著實有點滑稽，一個看似洋娃娃般的女孩搖頭晃腦道：「你一定很驚訝我怎麼找到妳們的吧！只要有外人闖入烏托邦，政府就會發布三級警告，並用紅外線封鎖可疑人物出沒的區域，我只要上網查一下封閉的地方在哪裡，就會知道哪裡是外來者入侵的地方了，我的運氣真好，正好封鎖的地點就在我家附近，因此一下就找到妳們了，妳們最好快點跟我走，再不然，無人偵察隊就會出動，將妳們逮捕。」

「我們憑什麼相信妳呢！」隆道。

「隆老師，我們恐怕別無選擇，琉璃老師現在的狀況很不好，她急需一個僻靜的地方躺臥靜養。」茹比道。

來到一叢彩蛋形狀的聚落，約有幾十個橢圓彩繪的建築物，下方都是由一根銀色柱子支撐聳立，上頭有著截然不同的彩繪風格，突然，這雞蛋形狀的建築物自動開了一個口，讓她們飛入。一下飛艇後，只見那名女子自我介紹道：「啊！歡迎妳們來，我的名字叫歌悅，陌生人，請問妳們的名字呢？」

「我叫茹比，另外一男一女是我的老師，隆和琉璃，還有我的同學：凱斯。歌悅小姐，請問妳可以讓我檢查一下妳的晶片嗎？」

歌悅依言往前，將右手腕內側朝上，露出一桃紅色愛心形狀的晶片，茹比先用表面的電腦掃過一遍後，隆問道：「茹比，妳有辦法修改晶片內的密碼？再入侵到烏托邦的中央電腦嗎？」

「我試試看，可能需要一點時間。」

當茹比忙碌時，歌悅道：「妳們想要喝點什麼呢？玫瑰花茶、咖啡拿鐵、還是東方美人……」

「先說說為什麼妳要幫我們吧！妳到底想知道什麼？」隆道。

此時，攲臥在羽毛狀沙發椅上的琉璃抬起頭道：「妳懷孕了，是嗎？」

歌悅一雙眼睛睜得老大，接著點點頭：「妳也懷孕了，是吧！那時，我聽到電腦插播有外來的入侵者，要民眾多加防範時，我只是抱著姑且一試的心情，但我看到妳們時，尤其是妳，我發現妳也是一個孕婦，我就知道我運氣真好，我猜對了，妳們可以告訴我很多我想知道的事情，告訴我外面情況、懷孕的事，對了，妳可以幫我檢查一下我的小孩嗎？」

「妳懷孕多久了？」琉璃問。

歌悅搖搖頭：「我不知道？可能是三個月、又好像是三個半月，我根本不敢上網查資料，身邊也沒有人可以問，一開始我還以為我吃壞了肚子，那一陣子一直嘔吐、連沒有食物時也一直乾嘔，剛開始肚子大了起來我還以為我變胖了，直到肚子裡感覺有東西在踢我，我才想到有可能是懷孕。」

隔著歌悅身後正巧鑲著一扇心形的落地窗，從這往外看，正巧可以看見市中心坐落的三女神像，身體的雕塑呈現希臘古典主義黃金比例的健美曲線，但五官卻是斧劈般冷硬，亨利・摩爾般的簡潔線條，且全都擁有一模一樣的五官，此時，室內傳來一陣強而有力的法國號，接著是一連串的重低音的定音鼓，搭配弦樂的合音，接著小調間奏，那是德佛札克的〈新世紀〉。

「這是誰演奏的呢？」琉璃問。

「沒有人演奏，這是電腦合成的。」歌悅道。

「沒有人的演奏？」

「對，沒有人的演奏。」

傳送回晶片密碼後，茹比疑惑道：「妳們烏托邦裡的人都不懷孕的嗎？」

「我們大部分都是由人造子宮生出來的，國家健保有負擔這筆費用，只有少數人會選擇自己體驗懷孕的過程，但這種狀況極為少見，若排不到人造子宮也會求助灰洞的人來當代理孕母。」

「那孩子的父親是誰呢？」

歌悅的臉一下子變得緋紅，低下頭搖搖頭道：「他不在這裡。」

「他跟我們一樣是外來者嗎？」

歌悅點點頭，茹比又問：「妳想要把孩子生出來嗎？」

歌悅躊躇道：「我想，可是我害怕，妳們有人知道生孩子是什麼樣的感覺嗎？」

茹比無奈的搖了頭，接著道：「妳有檢查過小孩嗎？」

她搖搖頭。

「那我幫你檢查好了。」茹比道：「請妳先平躺下來，把衣服掀起來。」

聽了一下胎心音、檢查胎位、羊水量和體重，接著將超音波的畫面投影至上方的天花板上，對歌悅道：「歌悅小姐，我先說我並不是專業的醫生，只是依據資料判讀而言，這個孩子目前頭圍的發展似乎比一般比例還要大，羊水量也不大正常，我搜尋一下可能的原因，可能是水腦、染色體變異之類的，當然也有可能是電腦的誤判，不過，如果妳想要生下這個孩子的話，我建議妳一定要去更精密的醫院詳細檢查。」

「那怎麼辦？在我們烏托邦如果被發現私下體內受精，是違法的，只要一到醫院，這個小孩就會被人工流產了。」她睜著一雙泫然欲泣的雙眼，無助道。

「孩子的父親是誰呢？妳要不要和他商量。」茹比道。

歌悅將愛心形狀的大腦袋側向左邊道：「妳們能帶我去灰洞嗎？去到那裡，我應該能找到他。」

「他是來自灰洞的人嗎？」茹比好奇道。

「嗯！他告訴我他是一個洞人，隱藏在灰洞邊緣的森林中，他離去之前將座標加密輸入在我的微型電腦裡，告訴我如果要找他，來到迷宮森林衛星定位後，延著茉莉小徑走個幾十公里，在母樹的附近的羊角可以找到他，他的名字叫做鹿人。」

當穿越三百公尺高的平流層，離地表尚餘一百多公尺的高度時，從飛艇之外，他們看見一層深濃的灰色霧氣盤踞下方，像一個漩渦以逆時針方向緩慢旋繞，那是聚集大量的細懸浮微粒子造成的景象。

「這就是灰洞嗎？」歌悅從窗外看去，驚訝的問道。在烏托邦的世界中，大部分觸目所見都是鮮豔的粉，鮮少見過這樣大規模的灰。

「是的，歌悅小姐，妳來過灰洞嗎？」茹比問道。

歌悅搖搖頭。

茹比道：「據我所知，灰洞是一個以重工業為主的城邦，大部分土地都被重金屬汙染而無法耕種，目前居民是以附近煤礦為生，但是不斷開採的與燃燒生煤的結果，卻使這個地方終年充滿這樣灰色的霾害，像是多芳環香烴、二氧化硫……歌悅小姐，我們這邊有準備攜帶式的純氧面罩，等一下妳出去時最好配戴起來，過多的pm2.5對寶寶不好。」

歌悅閉上眼睛，此時，她的腦中浮現鹿人曾經跟她說過的一段話：「在妳居住的烏托邦，所有人類都是培養到十分完美的境地，但是只要妳來一趟灰洞，就會發現這裡聚集所有畸形的生命，殘廢、失明、先天性白血病、免疫性功能缺乏、腦下垂體病變的、肌萎症、地中海型貧血以及唐氏症……甚至是原本基因改造後原本應當完美的嬰孩，卻不知出了什麼紕漏，出生後成了畸形兒，都被丟棄到這裡，自生自滅。

空白的歷史之前，有一名德國獨裁者主張優生學，為了貫徹此種主義，他淘汰了很多劣質的基因，當然，所謂的淘汰就是屠殺，而他認為最低劣的基因便是一種名為猶太人的民族，於是在他的政策底下，數百萬猶太人被送入毒氣室集體屠殺，以一種合法、服膺體制的、充滿效率的方式，在整個社會上下充滿著集體的麻木不仁氛圍下，統一實踐。

當一切的惡被扭曲為常道時，屠殺遂成為日常生活的習以為常，在此種情況下，美德、良善與惻隱之心反而成了一種孤立的狀態。」鹿人結尾道。

處在廢棄、半倒塌的的建築物，四周裸露的鋼筋水泥像是被轟炸過、裸露的斷垣殘壁，但上頭已經蔓生了粗大如蟒蛇的藤蔓，從破敗的窗戶鑽入，這裡看起來像是建築物的內部，巨大的氣根植物占據了這裡，連結的女羅纏附在枝幹上參差披拂、蒙絡搖墜。

幾隻鋼架呈三角型交錯，上頭搭建著鐵皮，作為遮風避雨之所，厚厚的塑膠皮中可以看到其中居住的一些洞人，他們有的缺了手腳、有的皮膚癩痢潰爛、但也有些人似乎與常人無異，看起來癡癡呆呆的。她小心扶助琉璃老師，不被這滿地裸露的電線與瓦礫給絆倒，此時一陣細碎的陽光從樹葉的孔隙中輕盈篩落，伴隨著悅耳動聽鋼琴聲傳來，那是帕海貝爾的卡農，充滿治癒性的舒緩節奏如同一杯甜甜的熱奶茶，本來神色還相當委頓的琉璃，睜開了眼睛。

爺爺的雙眼失明，嗓音異常的低沉，且滿臉皺紋、神情憔悴，彷彿歷盡了一整個世紀的滄桑。一開始，他的話並不多，不知道是不是因為看不見我的緣故，對於我的存在好似是愛理不理的。到了後來，陪爺爺多聊過幾次天後，爺爺才漸漸變的健談起來。

雖然有點不願承認，但是正如母親所料，爺爺的脾氣並不是很好，是一位有點兇的老人。我曾經因為不小心用「故事」這兩個字來形容爺爺所訴說的往事，就挨了他一巴掌；我只記得那個時候，我稍稍一個失神，還沒弄清楚狀況，下個瞬間，右臉頰上就傳來了一陣又麻又辣的刺痛，嚇了我好大一跳。爺爺雖已年邁，而且眼睛是看不見的，卻疑似能夠聞風辨位，而且出手神速，我連個影子都還沒瞧見、閃躲的機會都沒有，已經挨打。

不過，薩達爺爺並不是甚麼壞人……更不是眾人口中所說的次等人、野蠻人。這一點，我很確定。他和我們一樣，有智慧、有尊嚴、有感情，更擁有我們許多人所沒有的，一顆高貴的心。

※※※

每週關懷薩達爺爺的活動，在進行了大約三個月後，突然遭到了無預警的取消（原本活動應是一整個學期之久），且真正的原因不明。醫療機構一位聲音尖銳刺耳的女性人員打電話到了家裡，三言兩語簡單地解釋著，由於薩達爺爺最近的身心靈狀態皆有很大幅度的改善，關懷活動已卓有成效，因此我後續不需要再行探望了。說完，電話另一端的女人便匆匆欲掛電話。我直覺地音樂如同流動的光之甬道，指引人往廢墟深處前進，約莫走了三分多鐘，便見到一座鐵灰色鐵皮的臨時建築，音樂便是由這漆黑的縫隙中流露出來的。

茹比好奇的往前逡巡，只見一個約莫七歲大小的孩子，一頭髒兮兮的紅髮如雜草，這張椅子顯得太高，他的雙腳構不到地面踢躂踢躂的晃動著，兩手張開於琴鍵，像是瑰麗又奇特的花，在黑白快速滑動，她輕輕往前移動，試著不發一點聲音，惟恐一不小心便會中止這美妙的音樂，她才發現這是一個眼盲的孩子，眼睛已經發紅潰爛了。

「啊！」一陣尖叫傳來，只見出口出現一名中年女子，她頭髮異常的蓬亂，像是數十種不同種的野草糾結在一起，眼皮下垂著，一張平板的大臉，她身上披著垮垮的百納被風衣，依稀是好幾塊桌巾或是窗簾拼湊而來的，手上籃子掉落。

從籃子裡爬出好多昆蟲，可能是蚱蜢、螳螂或蝗蟲，茹比尖叫了一下，有幾隻跳躍到她腳邊，她害怕的跳腳，但那女人卻衝來憤怒地瞪了她一眼後，將蟲子捉回籃子裡大喊：「不要亂動我的食物。」

這些蟲竟然是這些洞人的食物，她有沒有聽錯？

琴聲停了下來，她聽見身後傳來的聲音道：「瑪蒂法，你回來了？怎麼了呢？」這聲音稚嫩而柔軟，像一塊粉粉的方糖融在耳窩深處。

那女人問道：「你們是誰？是天上派下來的嗎？」

一般影子居民都把光之城邦的人稱為天上人，茹比趕緊道：「不是，我們是從外面進來的，不好意思，我們這裡有人身體虛弱，需要幫助。」

「瑪蒂法……」那孩子喊道：接著足間一落，鈍鈍的，他步履有些蹣跚、一跛一跛的，看得出他的右腳有點瘸，他直接抱住那女人道：「瑪蒂法，你放心，她們不是從天上來的，天上的人身上都不帶顏色，不然就是很淡很淡的顏色，但她們不是，她們身上的顏色舒服而明亮，我從來沒有看過這麼漂亮的顏色呢！」

顏色，人的身上有顏色，這個說法茹比第一次聽到，不禁有些驚訝，而她更驚訝的是這應當是一個眼盲的孩子才是，怎麼會看得到呢？

「這是你的孩子嗎？」她試著詢問。

「不是，我們沒有任何血緣關係，他媽媽我認識，生了三胎之後發現得了梅毒引發多重器官衰竭死了，前兩個大了就自己謀生去了，只剩下這個孩子，他一出生就是瞎子看不見，不過動作卻很靈巧，剛好我也缺一個人作伴，就養了他。」

這說法就像是自野外撿回一隻流浪貓的口吻，茹比聽著有些不習慣，但這小男孩卻不以為忤，依戀在這名婦人身邊，而她也將那粗厚、看似油膩的大手搓揉他滿頭亂草的蓬髮。

「你叫什麼名字呢？」茹比蹲下身，輕柔問道。

「我叫尼法。」

「你既然看不見，你怎麼會說看的到顏色呢？」

「我看得見的。」尼法肯定道：「而且，我看得見妳們看不見的東西喔！我看得出來形狀和顏色，每個人都有不同的顏色，有的人身上還不只一種顏色，像我剛剛就看到妳們進來了，一共有七個人，對吧！」

「七個人？」茹比驚訝道。

是呀！有兩個光特別小，可是很澄淨、很舒服，他就在這裡游泳著，聽，她還在唱歌呢！

尼法慢慢靠近歌悅，指著她的肚子道。

歌悅問向瑪蒂法道：「我想要去羊角，你可以帶我們去嗎？」

「妳們要去羊角做什麼呢？」瑪蒂法神色不善的道：「你的模樣看起來是天上人吧！為什麼尊貴的天上人會來到這個地方呢？」

沒有察覺到瑪蒂法口中的敵意，歌悅道：「我要找一個人，他叫鹿人，他說他就隱藏在迷宮森林裡的羊角中。」

「瑪蒂法小姐，請相信我們，我們沒有惡意，只是這位歌悅小姐懷孕了，而孩子的父親自稱為鹿人，他說他來自母樹附近迷宮森林的羊角，他在歌悅小姐的電腦裡留下了衛星定位的地標，不相信您可以看看，只是叢林裡路徑複雜，我們需要一個熟悉森林的人帶我們前往。」茹比也道。

「妳們要找Mama嗎？那沒問題，我帶妳去森林找Mama好了。」此時尼法牽住歌悅的手，他的手小小軟軟的，像剛捏好的麵糰那樣柔軟舒服，又像水母觸手一樣透明，她的心震動了一下，像電擊後小小的刺痲感。

而她肚子裡的這個孩子出生之後，也是這樣的柔軟芬芳、惹人憐愛嗎？

「你是要帶我們去找你的媽媽嗎？」茹比道：她內心不禁有一點好奇，之前瑪蒂法不是才說尼法是個孤兒，那他口中的媽媽究竟是誰呢？

「尼法……」瑪蒂法制止了他一下，但語氣已柔緩許多，猶疑了半晌，才道：「羊角不只是一個地方，也是一個反抗天上烏托邦的組織名稱，而這個組織的首領被稱為羊男，而鹿人，則是反抗軍的將領，也是我們這裡唯一的醫生。」

離開蜂巢狀組織的鐵皮屋，約行了幾百步路，是一片巨大蓊鬱的原始森林，尼法像一隻輕快的野鹿跳上跳下的，穿越過粗大如蚺的藤蔓，在枝幹交錯處側身前進，這裡的樹木非常粗大，大小幾乎都是一人合抱，偶而一陣風吹來落葉掉落，葉子張開如五爪。

約走了幾十里路，只見前方有一棵十分粗壯的樹木，約有十人合抱，枝幹交錯結了許多瘤，但樹身卻相當平滑，約莫九呎之高整個枝幹如傘向外擴散，不知為何，第一眼見到這棵樹，你的內心就不由得興起一股神聖又肅穆的感覺，由上而下垂掛茂密的氣根像是聖堂中高聳入雲的管風琴。

尼法走向前，小小的身軀貼著大樹輕聲細語，此時，感覺一陣風洗沐而來，像千百個細小的歌喉同時合唱，從林間到樹杪，像是流水一樣嘩啦啦流個不停，又彷彿千億片翠葉發出鐵片般的歌聲快樂共鳴著。

此時琉璃又聽見一陣稚嫩的歌聲，一開始不清晰，但漸漸地，如同小水滴逐漸匯聚成水晶似的小河，一陣玲瓏如流水的天籟輕飄飄的浮起，與樹聲、風聲相應和。

這是尼法在唱歌。

接著一瞬間，她們聽見一陣高亢柔軟、天鵝絨一般閃亮的滑音響起，又像是同時有數種華麗的珠寶各自輝映出各自的色澤與光芒，寶藍圓潤的高音、猩紅亮麗的連音、還有翡翠、瀲紫一般的水晶彈跳音，像一杯琥珀色的醇酒在日弦搖漾下擺盪出醺人的醉意，帶點魅惑的，那是海妖的呼喚，與尼法稚嫩的童音相和著，那是他們第一次聽見歌悅在唱歌，沒想到，歌悅這個烏托邦人竟然擁有這樣完美的歌喉，這是基因改造者的力量嗎？如此看來，基因改造真的有其必要之處了，但尼法的歌聲又是怎麼回事呢？他的歌聲乍聽之下音有些不準，但與歌悅那彷彿精雕細琢、一絲不苟陶瓷般滑順的美聲相比，雖然帶點顆粒感卻令人忍不住想要玩味再三，尤其他與歌悅的合音是如此的渾然天成，像是千百次演練過的那樣。

歌聲間歇，尼法轉過頭道：「我跟Mama講妳們是好人，是來幫助我們的。」

「為什麼這棵樹是你的Mama呢？」茹比忍不住好奇問：

「這棵樹不只是我的Mama，她還是整個森林所有樹木的Mama，Mama有一種力量，她可以透過她的氣根和地底下的根和其他的樹木聯繫，傳遞訊息和養分，Mama已經活了五千多個年輪了，她最喜歡聽我唱歌了，每次我唱完歌，她就會把果實搖落給我帶回去，但最近她身體不太好，我很擔心。」

「你的歌聲真好聽。」帶點驚訝的，歌悅走向前道：「我從沒有在Aa以外的人種中，聽到這樣好聽的歌聲，可是，這是為什麼呢？你並不是挑選過的人呀！」

「這棵樹是母樹。」琉璃道。

「什麼是母樹呢？」凱斯問道。

「事實上樹木並非像我們想的一樣，只會靜態的行光合作用，將空氣中的二樣化碳轉化成氧原子而已，事實上，一個龐大的森林是一個有機的生態系統，樹木之間會藉由底下的腐植質中的菌類進行交流，將釋放的碳和氮傳遞給其他的樹群，而這個由菌根所形成的網路十分巨大，中心點便是母樹。」琉璃又道：「森林中母樹扮演的腳色十分重要，就像是大腦藉由神經元控管下面的細胞一樣，如果母樹遭難，整個森林便會失去平衡，造成生態危機。」

當他們進入羊角內部，原本，她們以為應當是更大、更精密的軍事中心，然而，進入其中，只見眼前仍舊是破敗的原始叢林中的廢墟。

半個小時前，一名偽裝色系的警衛拿著AK47步槍阻止了他們的前進，從外觀看來，他應當帶有先天性表皮分解水泡症、或是紅斑性狼瘡，身上纏滿了紗布，連步槍也被纏繞在手臂之上，裸露之處則是發紅潰爛的傷口。

幾乎是下意識的，他們迅速將手往上舉，惟恐這名盡責的守衛會不小心擦槍走火，茹比首先道：「我們不是侵略者，我們是來這裡找一名被稱為鹿人的男子，我們這裡有人認識他，是他的……女朋友？」猶疑了半晌，她不知道該怎麼稱歌悅的身分，情人還是妻子？

「鹿人？」他重複了一次字句道。

「沒錯，這是他留給我的微型電腦，裡面有這裡的衛星定位，他還說，你們這裡的通關密語是『赫胥黎』，不過，我並不曉得那是什麼意思？」歌悅道。

「沒錯，我帶你們進入。」

穿越由樹叢交織的幽深甬道，來到一只空洞的樹洞之內，一名僅有一般人半身高的男子從暗處湧現，他坐在一只特殊的電製輪椅上，眾多電線如蛛網，與肌肉、後腦相連，末端則是一台微型電腦和一只晶片板裸露的機械手臂，當電動手臂動了一下，他們聽見齒輪與電線在電路板上細微的聲響，電子手臂扭曲了一個奇特、非常不符合人體工學的弧度，似乎是比擬打招呼示意。

當你看到此人第一眼時，首先，你一定覺得上帝創造他之前電腦中的染色體發生了亂碼，他的臉乍看與常人相同，但自身體以下頸椎與軀幹相連之處，卻呈現幾乎九十度的旋扭，肩胛與脊椎出現四十度傾斜，軀幹之處彎曲如瘤瘤，但相對於這樣奇形怪狀的身軀，他卻有著一雙淡灰色、睿智、炯炯的雙眼，對她們道：「歡迎來到羊角，陌生人，我是這裡的首領——羊男。」

「請問，鹿人不在這裡嗎？」歌悅難掩失望道。

「他正好不在這裡，他現在在執行一件重要任務，到城邦以外的地區尋找反抗烏托邦的勢力，陌生人，就像妳們來自不同的城邦一樣，我們也知道，除了烏托邦之外，世界上尚存有其他天上城邦，而每個城邦之下，都有相對應的影子城邦，我們的目的就是要團結那些被壓迫的人們，才能改變現狀。

就像妳們所看到的，我有先天性肌萎症，像我這樣的人如果出生在烏托邦，一定是死刑，但我卻出生在灰洞這裡自由不受拘束的地方，自從我有意識以來，我並沒有感覺到自己是不同的，妳知道嗎？因為我們這裡，相對烏托邦的『完美』，『特殊』反而是一個常態，這裡不是四肢健全、腦袋卻少了某些零件的傻子，我們稱他們為「羊人」，因為他們溫馴聽話，就是像我這樣四肢不全、或是帶有先天性疾病的殘疾人，我們平常就依照身體屬性的不同各自分工，有人做粗重活而有人負責動腦袋。

有一天，我們命運被改變了，我們意外發現羊角這地方，妳猜這裡有什麼，幾萬卷藏書和數不清的水晶資料光碟，我們用垃圾堆裡找到的零件拼湊出讀取機，接著，便是一份份充滿奧義的美妙知識，我睜著大大眼睛不斷閱讀，那些知識雖然都已碎裂不全，但就像是釀過酒後的渣滓，馥郁香醇，一放口中便歡愉不已，我幾乎是沉浸其中不可自拔，終於脫離這有限的軀體，啊！陌生人，在你眼中我的身體如何？殘缺、奇特？事實上，你我的身體都是不自由，都是被禁錮的潛水鐘，但知識卻可以讓心靈如蝴蝶振翅般自由自在飛翔，每當我指間觸摸過一片片紙張，我彷彿又回到在夜間，仰望奧藍蒼穹下斑斕不已的星辰，啊！知識如銀河般漫長、點亮了萬般人生，而也是從那個時候開始，我和鹿人開始思考、質疑一切，為什麼？會有灰洞的存在。因此，我仿造了幾個晶片，偷偷運送一些人上天上的烏托邦去，他們之中有人被發現，因此犧牲了，但也有些人幸運的存活下來，得知了更多的真相，遇見了一些有著相似想法的人，就像是妳，歌悅小姐，第一眼看見妳，我就認出妳來了，妳知道嗎？鹿人好幾次跟我提過妳。」

「我，是嗎？」歌悅帶點驚喜道。

「不像一般的天上人，單調、機械、缺乏變化，妳是他的謬思，為他帶來知識與光明，因為妳的掩護，使他有機會深入讀取烏托邦的核心電腦，那時，我們才知道原來烏托邦的存在，便是奠基對灰洞的榨取上，烏托邦將汙染與垃圾排放到灰洞之中，並從我們這裡開採重汙染的錫和鉬，獲取高額利益，而我們也發現一些驚人的內幕，等等有機會，你就會見到我所說的那群『羊人』了，他們負責礦業的開採，從事高危險的工作，事實上，他們是被製造出來的，烏托邦刻意製作出一群低能的人，來豢養天上的富裕生活。」

「那麼，你們打算怎麼辦呢？」歌悅問道。

「我們需要革命，只有透過革命才能真正改善現狀，妳願意加入我們嗎？歌悅小姐，還有其他人？」一雙詩意的眼睛流眄過，還未開口，此時，她卻聽見一段低沉不已的聲響，彷彿自地底傳出，那是德佛札克的《新世紀》，像是古老的風吹過千株柳林一般，思想的母樹以氣根連結鬱綠的樹木、蒼苔與蕨類相互共鳴，敲打出優雅而神秘的節奏。

夜晚，住在瑪蒂法為他們搭建的小屋，尼法貼心的為兩位孕婦鋪上柔軟的毯子，一開始歌悅有些不大習慣睡在地面，但或許真的太疲累了，不一會兒，她便睡著了，尼法柔軟的腦袋斜攲在她微隆起的小丘肚子，鼻息均勻吞吐著。

「我頭上綁的髮帶不見了，能陪我去找找嗎？」當凱斯準備小憩時，茹比壓低聲音，對他道。

「灰洞主要的人口約有五十萬人，其中四肢健康、頭腦簡單的羊人佔了百分之六十，剩下百分之四十則是有各式疾病的基因缺陷者，有些是天生的，也據我所得的資料，有些是基因改造過程失敗的人，這些資料全都被銷毀，作為基因改造失敗的證據，他們也被流放到此處。

灰洞主要的營生以礦業為主，除了佔地四十多公頃的煤礦坑之外，再往西邊五公里處，生有一大片蓊鬱的原生林，事實上在空白的歷史三百年前，這裡分部大片的溫、熱帶針、闊葉混合林，但隨著人類開發與工廠的進駐，空白歷史前一百年間，這裡周遭被開發殆盡，僅存原始林地的十分之一，不過隨著天上城邦建立，人口移居，原始森林逐漸有復甦的跡象，現存森林雖然不到以往三分之一規模，但是照這個速率，至少未來一百年左右可以逐漸復育到最初的生態……」一面走著，茹比腦中複習羊男對他們說的話。

羊男真是一個好老師呢！她忍不住想道，他的聲音平穩有力、學問也淵博的嚇人，記得結尾他道：「茹比小姐，或許妳不了解森林對我們的意義，但森林不只是各種物種的生態圈、除了可以提供生存所需的糧食來源、對抗烏托邦的地下組織，同時也是人類沉思、冥想，聆聽上天聲音的所在。」

森林是這麼神奇的存在嗎？茹比想，她從小所生長的蟻墟附近都是沙漠，觸目所及，只有廣闊無邊際、單調無變化的黃土連接天際而已，像這樣巨大且高聳的森林，在她的經驗裡真的是前所未見。森林地面十分柔軟，少了視覺阻礙，更容易感受到觸覺的突觸，隔著鞋底足尖依稀感覺地面上堆積厚厚一層落葉、苔蘚和溼土，柔軟且細碎，偶然一點點月光從林間篩落，伴隨細微的咕咕聲，和金龜子摩擦翅翼的聲響，像是角鴞的警告。

「茹比，妳知道髮帶掉在哪裡嗎？」

「抱歉，凱斯，我不確定，不過那是絲葉編給我的，如果找不到就算了，這裡這麼大。」

「不會，反正我想趁機偵查地形，畢竟我們不知道要在這裡待多久，多了解總是好的，所以沒關係，妳不要介意。不過……」看了一下周圍，凱斯道：「茹比，妳認得出這裡是哪裡嗎？」

牛奶似月光從上方微微篩漏，一點點螢白色的光參差滲漏在周圍林木間，視網膜依稀分辨出樹木不同的形貌，像是伸出利爪的怪物，難怪空白歷史前曾經有一個靠近黑森林的民族發展出有關森林的鬼怪傳說與童話，茹比不禁心底打了一下寒顫，森林真的是可以聆聽天籟的地方嗎？腦中想著羊男的話語，她深吸一口氣，將虛無的恐懼感驅趕出腦中。

「我……我不大確定。」傷腦筋，方才離開前忘了做記號，這樣一來真覺得四面八方看起來幾乎都是一樣的景致。

「那……該怎麼辦才好呢？」凱斯這下有些傷腦筋，要是太晚回到休息地，萬一有什麼意外，沒辦法保護琉璃老師，那才是他所擔心的。

「啊！不要緊，我有辦法了，我身上電腦有一個程式，可以依據人體體溫做熱源追蹤，現在休息地裡大約有四、五人，我將程式設定範圍一千公尺內的熱源數搜索，應該就能順利回去了。」茹比一面說，一邊飛快用指尖點選電腦，設定程式後道：「我搜索到了，在前方三百公尺左右，我們走吧！」

凱斯在前，茹比在後，他拿著手指大小藍光手電筒照射前進，當離熱源還剩五十公尺左右，突然，凱斯按掉手電筒，拉著茹比瞬間低伏，道：「安靜。」

茹比沒有回答，從小的訓練，使她知道生活周圍隨時都可能埋伏意想不到的敵人，此時她將自己的呼吸放輕，將自己隱藏於一叢灌木間，她感覺自己離凱斯好近，幾乎不到一陣呼吸之間的距離。

眼前四、五個黑影，發出大喇喇的聲響。

當眼睛適應黑暗後，視網膜逐漸區分出淡灰至深黑不同的漸層，他們穿著深色、統一的工作服、臉上都掛著防護面罩，是從天上的烏托邦下來的吧！其中一人取出一指手掌大小的機械，放在樹上，接著發出淡藍色一明、一滅的光芒，瞬間發出一陣嗶波的規律低頻。

「那是檢測儀，他們像是在檢測樹，目的是什麼呢？我靠過去用我的電腦攔截程式，就知道了。」還來不及阻止，茹比便一逕靠過去，凱斯見狀趕緊跟隨在後，擔心茹比發出太大聲音被敵人發現。

靠近一棵樹齡約莫三百年的櫸樹附近，茹比將電腦靠近偵測儀，五指迅速按了一下驚訝道：「這種儀器會分泌一種酸液滲入到木質部的維管束之中，接著基部就會腐朽，之後等到驟雨樹木就會自然傾倒，怎麼回事，他們要砍樹？」最後一句話語結尾太過高昂，引來前方一人回頭，一道紅光照到她臉頰，那是紅外線槍嗎？「小心！」凱斯迅速撲倒茹比道。

緊接著他往前一撲，使出擒拿手法，出乎意料的，輕而易舉的立刻就將一人的手肘反縛，壓制在下，原本擔心的高科技武器只是普通手電筒罷了，接著他轉身用手肘一陣破空撞擊，正中敵人胸口，那人發出一陣咿唔不清的聲響，然而感覺後頭一陣風聲，是要襲擊他嗎？轉身，聽見茹比大叫：「凱斯，小心，那人要逃跑了。」

凱斯撲過去一個擒拿，將那人倒栽蔥往地面一撞，這一擊應該足以讓他腦袋空白五秒吧！轉頭只見茹比熟練拿出電子手銬，將四人合銬在一起，「你……你們這些野人，趕快把你們的髒手拿開。」其中一名烏托邦人發出尖細叫喊。

這應該是什麼種類的人呢？打開手電筒一照，眼前這幾個烏托邦人生的圓臉大耳，頭型乍看之下有點像是青蛙，每個都長的一模一樣，是建築類的G型人、還是植物學的E型……雖然這是被挑選過的人，但凱斯實在從他們身上看不出什麼智慧的基因，智慧是不可複製，只能從生活中實踐的吧！如果阿道斯在這裡，應該會這樣說吧！凱斯不禁莞爾一笑。

「一二三四，咦！還有一個呢？方才電腦熱源反應顯示是五個人呀！啊！凱斯，小心，你後面。」一聽見茹比的大喊，凱斯立即回頭，擺出迎戰的架式，但是什麼都沒有，只見一個身形高壯的男子將一名烏托邦人給壓制在下方，好俐落的動作，凱斯忍不住喊道：「好身手。」

「混帳、混帳……」顯然這名烏托邦人還要辱罵，但後者阻止了他，以一只破毛巾，當然，也有可能是隨手可得的滿地落葉。

「謝謝你的幫助，請問你是？」茹比彎腰謝道。

「我的名字叫鹿人。」

在鹿人的引領下，她們順利回到羊角西側的休息地。

在茹比眼中，每棵幾乎是一模一樣的樹，但對鹿人而言，卻一點照明也不需要，他彷彿有一雙夜行性動物的眼，偶蹄類動物的雙足，輕而易舉的踏過每一株山毛櫸橡樹栗樹檜木之間，茹比甚至不知道，他是依據視覺觸覺還是嗅覺辨認周遭景物的不同，這大概就是他被叫鹿人的由來吧！茹比想，聽羊男說最初這裡蘊藏了滿坑滿谷的麋鹿群，但現在卻幾乎絕跡了。

「謝謝你，你的視力真好，竟然能辨認出森林看起來幾乎一模一樣的路徑。」凱斯衷心道。

「不，事實上我視力並不好，我是基因缺陷者，先天性紅綠辨色力弱。」

「抱歉，那是什麼意思？」

「就是一般的紅綠色盲，像我這種人，如果在烏托邦這樣的城邦中便是基因缺陷者，但生活在這片森林之中卻令我如魚得水，因為無法區分光譜中的紅綠色，使我對森林中以『綠』為主的主色調非常敏銳，甚至光靠肉眼，我便能區分那些擬態保護色的生物。」

說完，鹿人彎腰，茹比本來以為他拾起一片鵝掌形的落葉，但彷彿是變魔術般，他一手卻露出拇指大小的樹蛙，只有赤紅色的眼球宣告牠的與眾不同。

「有時我們以為的基因缺陷，其實只是祖先為了應付不同環境機制、儲存在細胞中的基因密碼而已。」鹿人道。

接到鹿人回來的消息，十分鐘後，所有幹部便集合在大廳，一只樹齡至少三千年、內部木質部分都被蛀空的樹洞內，羊男親自出來迎接他。

「鹿人！」歌悅睜著大大的眼睛，看著他道。

鹿人走過去對她低語了幾句，她便服服貼貼站於一旁了，茹比實在很好奇，不知他究竟有什麼魔力，可以將這個聒噪的烏托邦人給馴伏，接著他逕自走到羊男面前，以一種從容不迫的氣息，凝視著這個灰眼的男子。

「久別了，我的兄弟，你從遙遠的地方回來，辛苦了。」羊男道。

「我帶了東西給你。」鹿人從懷裡拿出一只瓶子道：「這是你海上兄弟給你的訊息。」

羊男打開瓶子，從裡頭拿出一張泛黃的紙張，那看起來是羊皮紙，茹比以前曾經聽老師介紹過，一種比空白歷史再早幾千年前不易腐朽、可使用許久的紙張，曾經被遊牧民族用來繕寫珍貴的經文。

此時茹比不禁有些好奇，誰是羊男的兄弟呢？而且還是在海上，他讀完後將紙張捲好放回瓶子裡，他的表情還是那樣的平靜，接著道：「鹿人，請你把抓到的那些人帶過來，我要親自審訊他們。」

沒多久五名烏托邦人便被捆成一束推向前，一名身患神經纖維瘤、臉上有著許多小肉瘤的男子持槍逼他們前進。

「你們來此的目的是什麼？」羊男問道。

其中一個看起來像是領導人的男子抬頭看了他一眼，藐視口吻道：「滾開，野蠻人……」隨即俯首不語了。

「我審問這些人，但他們始終閉口不言。」鹿人道：「不然就是要用刑了，看是要灌水、電擊、還是火刑，才能逼這些高傲的傢伙說實話。」

歌悅有些困惑，此時她感覺有些尷尬，雖然這些人她一個都不認識，但看著和自己來自相同地方的人遭受苦刑，總不是件令人愉快的經驗。

「還……還是不要好了，怎麼說呢？其實你們或許想不到，我們烏托邦人很習慣被電擊喔！小的時候，我曾經參觀過生殖中心，他們會把剛出生幾個月、還在爬的小朋友放在地上，當觸摸到花朵時便予以電擊，聽說是為了讓兒童在童年便對自然產生根深蒂固的反感，因此才會願意住在文明的都市裡……」

茹比忍不住笑了出來，她想，這個烏托邦女人的邏輯真的很有趣，就算她講的是事實好了，但似乎這也和這些人怕不怕電擊無關。

「不然讓我來好了，鹿人先生，您方才有搜出這些人的電腦不是嗎？讓我破解看看，或許可以用文明一點的方式。」茹比道。

「茹比是我們最強的電腦高手，若您不介意，請讓她一試。」凱斯道。

鹿人本來還有些猶疑，但他看了羊男的眼神後，便從身上取出一個黑色、方型的電腦。

茹比輕快點幾下道：「這電腦破解不難，只是裡頭有幾千筆資料，我檢索一下哪些是剛開啟的吧！啊！應該是這個，我剛查到一件開發計畫，他們目地是打算把這裡剷平，目標是開採稀土，還有種植罌粟……」接下來畫面出現一張圖片，眼前是一小試管的液體，裡頭發著微弱的螢光藍，茹比有點驚訝，記憶中她只有童年時在蟻墟見過幾次，但已鮮久沒見了，倒是歌悅熟稔道：「這不是藍水嗎？我們常喝這個的喔！政府有統一配給，只要十毫升，快樂十倍。這是政府標語，如果有任何煩惱，或是太想渴求性愛的話，藉由藍水可以忘懷一切。」

「我們要把這片森林剷除，才能做更有效的運用，我們只是先來此探查，看一次要砍伐多少林地，要是識相的，趕快放我們離開。」突然五人組其中一人道。

羊男做了一個手勢，接著有人將這群人拉了下去。歌悅好奇道：「所以他們要將這片森林給剷除嗎？那有什麼不好嗎？」

「歌悅小姐……」羊男道：「烏托邦從我們這裡取走煤炭，留下重金屬汙染的土地，要淨化這片土地，只有靠這片現存的原始林，雖然在你們眼中森林只是不毛之地，卻是自己自足的生態圈，在我們這個霾害濃重的汙染地中，是唯一可以不戴防護面罩，自由出入的地方，也是我們心靈聖堂、更是我們許多經濟生活的來源，供養我們食衣住行。」

「沒錯，歌悅，這就是我跟妳說的地方，這是我出生的地方，無論如何，我都不會讓人破壞這裡。」鹿人也道。

望向凱斯、茹比和隆，羊男道：「你們願意幫我嗎？陌生人，和鹿人一起，去連絡魚人，我解讀發射器資料，現在，他們在距離我們三千英哩外的海面上，如果單靠我們僅有的無動力船隻，要到達那裡至少得花十天半個月，還不包含迷路或是天候造成的損失，如果你們願意幫忙，連絡上會快速很多。」

「我想我應該可以，隆老師，您覺得呢？」凱斯道。

隆點點頭道：「我也可以去，人數不用多，應該兩個就夠了。」

茹比道：「那我留下來好了，可以照顧琉璃老師，順便觀察這個原生林。」

「你要前往的地點在哪裡呢？」隆問。

「那是永無島底下的影子城邦，位於馬緯度無風帶。一般稱為副熱帶高壓，在地球南北緯三十度，由赤道低壓帶上來的氣流，像兩極擴散，逐漸散失熱量，空氣冷卻收縮，密度增加下沉，因此此處風力微弱，空白的歷史前人類曾有一段時間迷戀海上航行，那時還是無動力帆船的時代，經過此無法前進，因此只好殺馬取食，因此才得了這個名稱。魚人原本是一群生活在海島上的少數民族，但因海平面上升的關係，賴以維生的土地屋宇沉沒，正如其餘天空之城與影之城的關係一樣，權勢者飛升到天空，弱勢族群以塑膠管結成浮島，以傳統方式生存。」

★永無島

幾朵海葵似的雲在眼前緩慢飄浮，今天的雲朵特別靠近海面，從這裡可以清楚看見幾朵大型、蓬鬆的雲下方倒映的黑影，聽說在太陽瀲金色波光返照中，那一朵最大的雲上方，就是一個叫永無島的先進之城，上頭的人都生有黃金般柔白的翅翼，能飛翔於半空中。

書尼一出生就在海上生活，牠從來沒有看過陸地，自有記憶以來，每走一步都是漂浮不已，像站在大型半透明的果凍一樣上下晃動，書尼曾經以為全世界都是這個模樣，直到有人告訴牠世界上還有截然不同的領域，一個叫陸地、一個叫天空，陸地上有陸人生活，還有在天上生活的天上人，踩在雲端和泥土又是什麼感覺呢？牠實在想不透。

大部分魚人會用塑膠管做成船筏，用塑膠布在上頭拉成遮風避雨的屋頂，現在牠家屋頂是烏賊般柔軟的透明色，每當下雨時牠喜歡躺在船筏中，看著一滴滴雨水從上方滴落、彈跳，像月光魚銀色的眼淚四濺入水中後瞬間消失，夜晚時可以清晰看見泉水似流淌不停的美麗小星，有時雨下得非常大，那種雨彷彿將天空和海洋連成一條線，流泉似的在塑膠布上跳舞。

船帆約莫可以使用半年到一年不等，記得半年前他們家用的是有兩隻黑耳朵長尾巴圖案的小老鼠，兩鼠中間破了一個洞，書尼的姆媽用塑膠繩修補起來，但下雨還是有一滴滴雨從縫隙中滴落牠的眼眉，像剛孵化幼魚冷冰冰的唇。

在五百多個船屋組成的海之村落中，其中一座最大的水之島，是用六千條塑膠管連結起來的一塊大地，上頭至少鋪有一萬多片塑膠布，東、西、南、北四個方位分別用鋁、鐵棍和塑膠帆布撐出鳥巢似的半圓形，那是書尼看過最大的塑膠布了，上頭繪著星空的圖案，火焰似流動的星空在帆布上揮灑著，斑斕而美麗，什麼時候星空才會變成這副模樣呢？書尼問，當你凝視著天空直到天國之門開啟的一天，剎然的星火便會在你眼前跳躍踴動，將一切隨之吞噬。媽媽的媽媽，從小養大她的VuVu是這樣說的。

但VuVu從未見過星空，VuVu有眼疾，一雙眼睛早潰爛了，還不時紅腫流膿，書尼想要醫治VuVu的眼睛，但牠無能為力，海上沒有足夠的藥品，牠們得想方設法攢錢，才能去岸上換取抗生素。

海底是魚人的儲藏室兼糧食中心，幾乎所有生活用品都可以從海裡取得，書尼一歲就會游泳、三歲就能潛到五百公尺深的海域中，像隻扁平的魟踢躂有韻的手足，牠有著魚一般圓形大眼、珊瑚紅頭髮和水母觸鬚般的手足，海底最容易取得的東西就是一種半透明的薄膜，有各種不同顏色，遠遠看來像是果凍般的水母、或是七彩的熱帶魚，這種膜的延展性很好，可以防水和攜帶食物，此外還有輕重厚薄、大小不一的果凍片飄浮在水底，牠一個翻身，碎裂的薄片緩慢且有韻飄來，紅橙黃綠藍，在眼前盪漾出不同顏色。

約莫潛到一百公尺深的陸棚，就可以看到色彩斑斕的景象，在眼前流淌。

一個紅色短髮、有著巨大血口微笑的雕像、還有一只白色襯衫，胖敦敦和藹可親的上校倒臥在灰敗的岩礁間，此外還點綴了許多殘餘、非貝殼也非珊瑚的破片，上頭長滿海草，還有各式高矮胖瘦瓶子，小至指頭狀，大到可裝下一個人。

書尼聽說這種透明或不透明的薄片都叫塑膠，除了儲藏食物外，也是知識書本的來源，上頭印有許多不同的文字和符號，聽說是從空白歷史前留到現在的骨董，只有鄔瑪可以解讀這些文字，鄔瑪的職業是巫師，牠會用聽不懂的語言、抑揚頓挫的語調朗誦平滑如扇貝的詩篇，就像虎鯨之聲奇異且美妙，所有聆聽過這美聲的人，出海才會平安，而登上陸地也才能得到許諾和祝福。

書尼在船屋裡也養了許多無殼蟹，牠為這些可愛的小生物取來塑膠殼作為移動的家，當小蟹長大後便換上大塑膠殼，剩下再丟回大海即可，反正取之不盡、用之不竭。

牠不知道塑膠是怎麼來的，但牠覺得這真是人類有史以來最偉大的發明，是文明的恩賜。

今天，書尼駕著船屋在海洋上遊蕩時，突然遠遠的，一個巨大、半透明，像是用空氣製造的卵，隨海潮上下漂浮。

第一次看到這種奇特的物品，書尼還以為是另一種從未見過的塑膠，或是某種鯊魚類的卵，陽光灑在平滑表層上，閃爍出淡淡盈粉的色澤，隨著角度折射不同的光彩，牠曾經見過天使魚金波羅魚神仙魚小丑魚各式各樣大小不一的魚卵，它們習慣將卵產在岩壁石穴中，牠常常潛入水底好奇看著這些魚兒如何孵化，大部分魚都是體外受精，還未破殼之際，小小、半透明、有著黑亮大眼的魚兒在卵殼內與牠對望。

這是天使之卵嗎？遠遠在海水折射下，真有種蓬鬆羽毛的觸感，但又像固態、堅硬的空氣，靠近觸摸傳來碑礫般的粗硬礫感，當牠好奇張望時，上方彷彿天使羽翼交叉的凸起瞬間打開，一道閃爍金光從雲層中篩落，牠看見一個面容蒼白，有著淡盈白褐髮，彷彿被太陽光曝曬的發白褪色的男人，睜開魚尾似的睫毛。

「你是從天上來的嗎？」書尼好奇問。

男子似乎很驚訝看著四周，道：「糟糕，我不應該在這裡，大概是衛星定位系統出問題了，我應該要在南極附近和我的同伴會合才是，但這裡究竟是哪裡呢？」

「這裡是永無島。」書尼道：「你呢？陌生人，你叫什麼名字？你是來自天上嗎？」書尼一面說，一面用圓圓的眼睛滴溜溜的瞅著這人，牠聽說天上人都有著美麗、會發光的翅膀，但牠不知道翅膀長什麼樣子，只能看著弧線形、飛越海面的飛魚魚鰭，想像翅膀的形狀。

「我叫亞芒。」

「那你們上方的天空之島呢？」亞芒問。

「也叫永無島。」

亞芒是一個很奇特的人，跟牠從前見過的每個魚人完全不同，他大部分時間都睡在自己的魚卵中，只有清晨和傍晚時分，座頭鯨卡撒的右眼半閉半張之際，才會出來。他會說牠聽不懂的語言，而且牠發現亞芒比較習慣說「我們」，而不是用「我」，亞芒也對書尼的家庭、父親、母親和手足這類存在感到好奇，像書尼的全名是曦・書尼・伊娃，曦代表月光，是魚人的守護神，所有未成年或未婚的魚人都會冠上『曦』這個稱謂，書尼是奶奶的名字，伊娃是牠們家族的姓，是一種橘紅色、腹部有著幾許黑星斑點魚類的名字。什麼時候書尼才有自己的名字呢？姆媽說當你擁有一艘船屋、自己的家庭和一窩小魚人時，就可以得到屬於自己的名字。

當亞芒第一次喊出曦這個音時，舌根送氣的氣流像一隻小巧的魚，盪著滑溜的雙魚尾瞬間躍入水中。

亞芒說他居住的地方並沒有家庭這種制度存在，他只有照顧者和同伴，他有時會靜靜在一旁看著書尼喋喋不休的姆媽、罵哭哭啼啼流鼻涕小弟，和全身曬得黑漆漆充滿魚腥味翹腳殺飛魚的阿爸，書尼常覺得有這樣的家人很丟臉，但亞芒卻說：「你擁有世界上最珍貴的財富。」

「人對自己已經擁有的事物往往是毫無知覺的，你想要知道什麼是幸福，等到它消失時，你就知道了。」亞芒留下一句意味深長的話，像海中央旋繞的漣漪，久久不散。

亞芒也很會講故事，有一次，應書尼要求他講了一個人魚的故事：

曾經有一個人魚，愛上岸上的陸人，陸人很擅長吹笛子，他吹出的笛聲連魚兒都會落下珍珠般固態、鈷藍色的淚滴，當月光把銀色絲線灑落到砂糖似海灘的夜晚，為了和陸人永遠永遠在一起、永不分離，牠請求魔女將牠變成人類，但成為人類後，陸人卻對牠十分冷淡，牠不知道自己做錯了什麼？為了重新得到他的心，牠跳入水中，去找傳說中滿月般大小的珍珠，想做為讓陸人開心的禮物，但牠忘記自己失去魚尾，海草依戀纏住牠的雙腳，於是牠永遠沉睡在深海底。

好憂傷的故事，但書尼有點不懂，不論有沒有魚的尾巴，牠都能自由穿梭於深海底，事實上牠發現亞芒對魚人擁有雙腳這件事感到驚訝，就像牠也一直以為天上人就是有翅膀的種族，而陸人則是有角的怪物。

不只說故事，亞芒也喜歡寫東西，牠常常看他拿著紙張寫牠看不懂的文字，寫完後就把它燃燒殆盡順著海風的眼淚揚入水面上，像是飛魚黑色的翅膀一樣，輕飄飄升起後撲簌簌落下。

「你寫些什麼呢？」牠問。

「我在寫詩，寫給一個遠在天邊女人，她就像玫瑰一樣驕傲又美麗，我們曾經彼此相愛，但是我因為某些原因離開她了，之後我發現她愛上我最好的朋友，為了不讓她傷心，我說了善意的謊言。」

多數魚人都是雌性，也有一些是非男非女、雙性的存在，擁有男性的陰莖，也有女性的乳房。

像書尼本人就是如此，牠上身擁有滿月般雪白的乳房，下身也有小小、無名指大小的陰莖，但牠們之中並非所有的陰莖都會勃起，大約只有二分之一，其餘的都只是凸出、小小的肉塊罷了。魚人常會用海底撈起來的各色彩色膠膜做成蓬裙和上衣，書尼也很喜歡這樣的穿著，牠將各色不同膠膜百納被似交纏在身上，上頭沾的水滴折射出七彩的陽光，遠遠看去，就像會移動的彩虹、會呼吸、唱歌的花。

有時會有外人來到水之島，他們兜售神奇的轉性配方、或是泡泡糖似的夢想，他們宣稱可以到天上接受手術，重生為完美無缺的女人。

但所需費用都是一聽便令人咋舌的金額。

書尼握著自己小小、無法勃起的陰莖，常想著如何才能像割開一尾蜷曲的海參一樣，將陰莖割除。

牠常常看見水底的倒影，看著自己長到腰際的長髮、還有細長的腰身，但當牠彎腰想要貼近水面看得更仔細時，倒影卻消散了。

「你知道為什麼海水在我們的視網膜中會呈現藍色呢？」遙望遠方視線幾乎不可及之處，亞芒像是自言自語道。

「應該是眼淚的緣故吧！」書尼道：「VuVu曾經跟我說過：『世界就像一個淺淺的大盤子一樣，在盤子中央，住著一隻巨大灰色座頭鯨—卡撒。當年老的魚人死掉後，靈魂就會飄浮在海中，混著眾人歌唱的安魂曲和思念的眼淚，變成藍色的螢光藻，卡撒就會一口一口把藍光藻吃掉，至於壞心的人會變成塑膠，永生永世都不能離開這個海域，直到世界毀滅。』」

亞芒看了牠一眼，似乎對牠故事的內容感到有趣，他道：「奶奶是這樣說的嗎？她真厲害，就像一本會走動、呼吸的書一樣。」

接著他道：「你說的藍光藻，應該是一種叫做渦鞭毛藻的浮游生物，事實上我們眼睛所接受的各種顏色都是來自光，光從太陽表面走到這裡，大約要花七秒半的時間，光一共有七道顏色，波長最長、最快到來的是紅波，而最短、最慢到則是紫波，而波長適中，最易被海水吸收的則是藍波，因此海水大部分都是呈現藍色。」

望著書尼身上的塑膠蓬裙，亞芒道：「真有趣，塑膠可以製作出各種不同的顏色，但事實上在自然界中生物會呈現出任何顏色，都是經歷億萬年的物競天擇、演化而來，紅色、橘色是能量最強，也是較快傳遞到人類視網膜上頭的顏色，因此在自然界中被演化為警戒色，用來警告周圍的生物，不要靠近，至於綠色，光譜中中間的顏色，啊！你可能很少見過綠色，但是你知道嗎？在你所不知叫陸地的所在，上頭生長著草原、莽原、森林……，就是一個以「綠」為主色調的自然環境，當你一走入森林中：滿眼的綠，翡翠綠、綠松石綠、孔雀綠、鵝黃綠、 綠、新生綠草的綠……幾乎要爆炸的綠波，在你眼瞳中散射開來，而生活在森林的生物，常常會選擇相似的綠色作為身上的主要色彩，那是一種將己身與周匝和諧無扞格的擬態，像音樂的重奏一樣。

但在陸地中，也有少數生物會採取藍作為主要的色彩，牠的目的則是悖反於隱藏，而是被看見，比如蝴蝶，蝴蝶你知道嗎？」一面說，亞芒將兩手交錯成珊瑚的形狀，五指在海洋的藍色背景上做出海葵觸手的動作。

「就像天上人身上的嗎？」書尼問。

亞芒的神情有些驚訝，但頓了一下道：「不大一樣，我說的是天生的、被非人工製造的翅膀，我曾經在叢林中見過手掌這麼大，色彩斑斕的藍色蝴蝶，這種蝴蝶的名稱叫尤里西斯，牠發光的原理和海水不同，海水是因為陽光吸收了大量的藍波，但是蝴蝶的翅翼上有肉眼看不見、奈米般小的鱗粉，會將藍波反射，因此當翅翼隨光舞動下，藍光會更加鮮豔。」

看著眼前的海水，亞芒又道：「隨著光射角度不同，海水也會呈現鈷藍、螢藍、青瓷藍、寶石藍、靛藍……等不同樣式的藍色，但……」望著眼前灰濁的海水，他道：「在世界之中旅行許久，這裡的海水卻是我所見過最灰暗的顏色。」

永無島上頭有幾十個大小不一的市集，但最大還是鄔瑪開設的市集，裡頭販賣許多魚人從水底撈取出來，比較完整東西，其中最大宗是一種薄薄、上面爬滿符號的紙張，鄔瑪說那叫書籍。

亞芒對書尼提到的水之市集非常有興趣。

玻璃水族缸中，一隻八字形龜殼的烏龜緩緩游動著，較大下半身沉在水裡，較小的上半身和頭部漂浮在上頭，以一種石化般的眼神，望向入口。

亞芒蹲下身，微笑逗弄一下水族缸裡的寵物，除了八字型的烏龜外，還有上下相連的連體魚、背著燈泡外殼的無殼蟹……

聽見門開啟的聲響，一轉身，一個有著爬蟲類眼神、僅有一隻腳，另一邊臉僅存一半的男子走入，那是鄔瑪。

「牠的頭縮不進去。」鄔瑪道：「我發現牠時就是這個模樣，龜殼讓塑膠網給纏住了，怎麼也掙脫動不了，我雖然將塑膠去除掉了，但卻再也恢復不了原來的面貌了，某種程度，牠是畸形的生物。」

「我能參觀一下你的水上市集嗎？」亞芒問。

鄔瑪點點頭，牠伸著爬滿藤壺的手杖往裡頭一指，道：「所有你能想像到的東西，文明的賸餘，都能在這裡被找到。」

十幾坪大小的船屋中，第一排放著一列黃色小鴨，但不少鴨子身軀都已經變黑發黴了。鄔瑪道：「第一排是我的收集，不賣，它們曾經是世界上最偉大的旅行家，乘著洋流周匝地球一圈，它們甚至見識了南北極冰山崩解、草原沙化……那是連我也沒有見過的景象……」接著再往裡頭走，其他層放滿銅綠、水藍和透明無色三種玻璃瓶，鄔瑪道：「這是靈魂的囚籠，或許是在空白歷史之前，人類發現文明可能會因為某些原因毀滅，因此將這種遇水就會漫漶的載體放入瓶子中，避免被火焚或水浸，並丟入大海，祈禱能被世代之後的人撿到，讀取破碎的呼吸、塵埃的話語。」

「即使是在另一個海域的事物，也能在這裡找到嗎？」亞芒好奇道。

「沒錯，因為洋流的關係，洋流會將所有被文明遺忘的事物都牽引到此處來，就像這群黃色小鴨一樣。」

亞芒在鄔瑪市集裡翻找了很久，當他找到一疊邊緣泛著水漬、文字略為暈開的紙張時，牠發現亞芒的手不自覺的發抖。

那天，亞芒在微弱的燈火下閱讀了好久，接著將這疊文字謹慎的收藏在他的膠囊裡，臨走前他對鄔瑪道：「其實我們每個人都是孤獨的瓶子，等待有天，某個人來閱讀你深處的靈魂。」

第一次，書尼真希望自己識字，牠想去看亞芒到底看了什麼內容。

亞芒不喜歡塑膠。

亞芒留下第一晚，牠準備最好的塑膠餐具和塑膠被給他使用時，牠發現他的眉頭微微一皺。

「你不喜歡塑膠嗎？」牠問。

「塑膠是死的……」他篤定道：「你知道什麼是塑膠嗎？那種觸摸起來完全不透氣、沒有一點生命氣息的東西，就是塑膠。」

書尼有些驚訝，牠一直以為塑膠是天底下最完美、永遠也不會腐壞的東西。

或許是感覺到書尼的失望，亞芒嘆了一口氣又道：「或許是因為，在你面前的我，就是像塑膠一樣的存在。」

「塑膠一樣的存在？這句話是什麼意思呢？」

隨手拿起眼前淡白色、像海龜蛋殼般、輕輕一壓就碎的薄碗，他道：「所有看起來一模一樣的塑膠，背後都存在一個類似柏拉圖哲學中的『理式』，塑膠便是以此為模型，大量製造出的事物，經過工廠壓模後，每一個大小、重量都一模一樣，沒有不同，但是……

自然界即使血緣最接近的同卵多胞胎，也存在相異的ＤＮＡ，這是基因的智慧，才能在瞬息萬變自然中保持基因本體獨特性，而非一模一樣。」

「所以，你的意思是除了你之外，還有其他長得跟你『一模一樣』的人囉！都是從同一個『理式』製造出來的嗎？」

「沒錯，除了我之外，還有三十五個一模一樣的複製人。」

那天晚上，書尼做了奇異的夢，牠同時被三十幾個高矮胖瘦髮色不同的亞芒給包圍著，他們分別拿了鑲著貝殼的珊瑚草，向牠示愛，但這群亞芒中只有一個遠遠的將自我隔離在人群之外，睜著清晨時分薄霧升起般的眼眸，凝望遠方，牠知道，只有那人才是唯一的亞芒，牠試圖走向他，但一開口，夢就醒了。

冷雨沾著星光，在牠面頰上流淌出象形的文字。

一滴、兩滴……雨水從火一般燃燒的睡蓮滲漉而下，牠起身，牠看見亞芒正在右手邊五百個手臂長的距離，坐在天使之卵上，此時白色的外殼上附著了許多淡藍色、發著螢光的魚卵，在他身邊還有一人，那是誰？是鄔瑪，亞芒手中拿著筆一樣的東西，奇異的是這筆竟然能在空中寫字，接著螢光字跡瞬問消逝。

「好了，我這筆的光應該會將資訊發送到我同伴的光感測系統上，他們會知道我在哪裡？」

書尼聽見亞芒道。

「書尼，你是什麼時候到這裡的呢？海水很冷，趕快起來。」亞芒驚訝道，他將筆發出光束的一頭對著書尼，只見牠大部分身子沉在水裡，只剩兩顆大眼睛骨碌骨碌望著上方。

只是一瞬，書尼整個人消失在水面上。

亞芒立即跳下去，半夜的海水伸手不見五指，還帶點刺鼻的汽油味，海水太混濁了，猛然一個僧帽水母漂來，他下意識的閃躲攻擊，原來是半透明的膠膜朝他臉頰湧來，一揮，但眼前還有數不清、大小各異的塑膠片，不斷干擾他的視覺，他將身體貼著珊瑚礁像魟魚緩慢游動，終於在一百公尺處陸棚處看見書尼俯臥在上頭，赤裸的背脊像是肌理滑順的鼻瓶海豚，亞芒滑了過去，一把從背後抱住牠，踢動著腳往上滑。

一游到海面上，將書尼身子往上托，鄔瑪連忙過來，兩人合力將書尼平放好，摸著牠發冷的臉頰，亞芒道：「書尼，書尼你還好嗎？」

「奇怪，書尼向來很會游泳，應該不會溺水才是呀！」鄔瑪道：「我那裡有一小瓶自釀的酒，讓牠喝一小口，可以提神取暖。」

書尼睜開眼睛，熾金色的缺月在牠眼中倒映成兩只鏤空金戒，只見鄔瑪從懷中取出琥珀色的玻璃瓶，扭開，瞬間蜜釀般火燙燙流動的月光在口中滿溢。

牠感覺身體還飄動在海水上，水母似的，隨海潮漂浮上下，眼前眾星熒煌燃燒出巨大的火焰，閃電似的白熾火焰，像是天國之門開啟，星星旋扭出火焰逆時針的波紋，就在伸手可觸摸的距離，如雨墜落。

「啊！竟然下起了流星雨。」牠聽見鄔瑪道。

牠想起VuVu跟她說過的故事。

「儒艮是魚人的祖先，當黑與白虎鯨從晝與夜之間誕生，用尾鰭分出海洋和陸地，海潮分送月亮和太陽用琴弦奏出循環的七個夜時，陸地上的人類和水中儒艮相戀了，產下的魚人就是我們的祖先，你知道嗎？儒艮是一種專情的生物，一夫一妻，若是其伴侶死亡後，殘存的另一個生命將孤老終身。」

「為了愛，即使犧牲生命，你也在所不惜嗎？」隱隱約約，牠聽見耳邊有聲音道。

「是的，我願意，我願意像儒艮那樣愛你。」書尼道。

在還未收到同伴的消息前，亞芒不打算離開，他好奇的參觀書尼住的永無島，和居民聊天，他和鄔瑪似乎很聊得來，每次一聊就是半天，不知怎麼，書尼發現自己其實也不希望亞芒離開，牠覺得自己變得很奇怪，會毫無原因臉色潮紅、心跳加速，莫名生氣又莫名焦躁，但是只要亞芒輕喚牠的名字，牠又可以開心一整天。

鄔瑪警告牠絕對不能愛上天上人。很久很久以前天上人行經這裡時，聽見美妙的歌聲，順著這醉人歌聲他們抓到魚人的祖先，他們被魚人的祖先吸引，和牠做愛，但到了滿月漲潮之際，卻將匕首插入魚人的心窩，背叛了愛情，讓牠們流血死去。

書尼有點放心，因為牠相信亞芒不是來自天上，雖然閉上眼睛，牠就會看到他有一雙發著螢光藍，在日光閃爍下不斷變幻的蝴蝶翅膀。

但亞芒是從哪裡來的呢？

牠不知道，但牠擔心的是亞芒總有一天會離開這裡，牠發現亞芒喜歡眺望遠方的海洋，有的時候他的眼睛像是萬里晴空，澄澈的一點纖翳也沒有，但大部分時間，他的眼神就跟灰暗的海洋一樣憂鬱且沉默。

★旋律

當卡撒的右眼最接近海平面的中午，海水像是流動、滾燙的黃金，又像是千萬片漂浮跳躍的金色鱗片，書尼便聽一串光碟波浪般的撞擊，同時魚人所飼養的海鷗開始在天空呈現流線型的飛舞，外人是哪裡來的人？是陸地上人還是天上人呢？

像是一隻直線前進的座頭鯨，但靠近一看，又像一只漆黑的魚卵，突然艙門打開，最前方的那個人臉上生著看不見的銳刺，馬林魚一般的殺氣，之後那名男子不高，身型很壯碩，但眼神看起來卻謙和，像是披著甲殼般的鱟魚，在身後是一名嬌小的女子，她臉上掛著兩片固態的水波，走起路來像是穿梭於海葵觸手中的小丑魚般。

最後的是一名海豚一般的女子，但書尼注意到她有一個和常人不同、高高隆起的腹部，書尼曾經見過一些從南方海域漂來、已發芽的熱帶水果，此時，那名女子的腹部正如水果般，抽出透明的芽。

目光穿越眾人，亞芒望向那名海豚般的女子道：「琉璃，妳來了，沒想到會在這裡遇見妳！」

「我也是，阿道斯，你別來無恙吧！」她用極為壓抑的口吻，不疾不徐的、將泡泡般話語吐露而出。

「妳讀了嗎？」

「你說的是艾伯特的手稿嗎？」

「沒錯。」

「讀過了，沒有想到艾伯特竟然記載了我們在苜蓿山城的一切，你、我還有費森，原來他們是用這樣的角度觀察我們成長，老實說……幾乎顛覆了我以前的印象與記憶，以前我一直以為自己是天生的革命鬥士，精心的策劃一場完滿的革命，但原來一切都在艾伯特老師的眼裡，讀完瞬間，我覺得自己像小丑一樣愚蠢、可笑，甚至有點不知道什麼是『真實』了。」說完一長串話後，感覺腹部上方一陣灼熱，琉璃忍不住有些喘不夠氣來。

「相信我，琉璃，不只妳一個人有一樣的想法，我用了將近一個晚上的時間一口氣全部讀完，讀完後整個靈魂十分激動、幾乎無法思考，當下我腦中只有出現一個人，那就是妳，我知道妳一定會跟我有類似的感受的。」

「艾伯特老師他……為什麼會留下手稿？是為了給誰看呢？」

「我不知道？但這就是歷史的意義不是嗎？將轉瞬即逝的語言留在載體上，等待後代的人來閱讀。」

是嗎？那為什麼她會有如此寂寞的感覺呢？所有人都離開她了，費森也是、艾伯特老師也是、還有沒多久，阿道斯也會離她而去，但他們都留下了影像或是紙張的載體，她追逐死者留下訊息去解讀過去發生一切，像影子追逐光。

「對了，」正要轉身之際，他道：「這是手稿的後半部，我一直小心收藏著，我知道妳會來，等妳來……我要親手交到妳手上。」

「等妳讀完……記得，請不要為我哀傷，要好好活下去。」

琉璃疑惑的抬頭，看著阿道斯，不確定自己是否有清楚聽到「為我」這兩個字，但還沒開口，便聽見魚人那邊傳來喧嘩聲響。

「我來，要帶來革命的消息，就在上一次我奉了羊男的口信來此，問你們是否願意結盟，共同對抗天上人的剝削，現在，我再度來此，等你們的答案。」在層層環繞人群中，書尼看見為首那名馬林魚般的男子大聲道。

鄔瑪向前道：「我來回覆你，我們的答案是願意。」

「對了，關於革命的事情，然而我們內部有些魚人對於革命的信念仍有所存疑，我們該怎麼做？請告訴我。」

「有，請你幫忙把所有的魚人都集中起來，挑選願意作戰的人，我要訓練牠們。」

當所有魚人都被集中到最大的海之島時，牠們眾耳一致的聽鹿人宣講，從他演講中，書尼知道牠們所居住的地方其實被稱為蕞爾，原本天上人和魚人都是生活在比陸地還要小，又比海之島還要大，像座頭鯨背脊大小的地方上，但後來人類製造太多太多不可分解的塑膠，丟到水裡，引發海的憤怒，因此海水不斷上升淹沒了島嶼，最後某些人就飛到天空上，就是被稱為永無島一座先進的天空之城，而剩下的人只好繼續飄浮在海上，撈取天上人廢棄的垃圾。

「各位同胞們，我和你們一樣都是來自一個重汙染的土地，名叫灰洞，而在上方剝削我們的城邦則叫烏托邦，這些天空之城將地面上屬於我們的資源帶走，留下滿目瘡痍的汙染和重金屬，我們好不容易才復育了一片森林，然而，就在一周前，我們得知消息，烏托邦為了開採珍貴的稀土，打算剷除森林，派軍隊轟炸我們，森林對我們而言，就像你們的海洋，都是生活與信仰的所在，因此我們得戰鬥，如果你們想一起反抗天上人，不要在任意讓他們宰割的話，那就來吧！」鹿人大喊道。

「那我們該如何戰鬥呢？我們沒有武器？什麼都不會？」一名魚人道。

這時，那名小丑魚一般的女子出來道：「我的電腦顯示海底有某種能量的來源，滿有可能是甲烷水合物，這是一種石化燃料，我們可以嘗試開採，作為對抗天上人武器的能源。但是洩漏出來的部分很少，可能要把海底陸棚炸出更大縫隙，才能洩漏出更多的能量，到時再架設探勘站大量開採，我們得將炸彈裝置在三百公尺深的地方，這裡有潛水艇嗎？如果有的話就可以輕易完成這個任務。」

下方的人搖搖頭，那女子道：「那該怎麼辦呢？」

「我們魚人很會潛水，或許可以挑選幾個特別厲害的人，但是要有犧牲的準備。」猶豫了半晌，鄔瑪道。

她聽見魚人議論紛紛的聲響，有人開口道：「非開採不可嗎？我們魚人世世代代都住在這裡，如果裝設炸彈，不是會破壞我們賴以維生的海域嗎？」

「你們這片海洋，事實上已經死了！」鹿人道：「大家聽著，開採甲烷水合物，不但可以做為武器、也可以作為其他高科技工具的能量，可以給大家帶來便捷的生活。」鹿人道：「天上人把原來屬於你們的島嶼和土地奪走，留下的是無立足之地、飽含垃圾的塑膠濃湯，如果不反抗的話，你們還能在這片海域生活多久呢？更何況，我們從烏托邦那裡攔截到的資料顯示，他們也打算在這塊海域尋找甲烷水合物以開採，今日你們不行動，這份資源就會落於他人之手，現在我們好不容易有工具、也有相關開採知識，你們不趕快下定決心，難道要等到天上人派軍隊將我們驅逐，到時才後悔莫及嗎？」

魚人議論紛紛，多數的魚人早就對每年要交給天上永無島眾多的稅金感到不滿，現在能有機會擺脫天空之城的控制，不少魚人都躍躍欲試，但又感到莫名害怕。

「我可以下去。」眾聲喧嘩裡，書尼大聲道。

「這是微型攝影機，只要你將黑色這條軟管的前端對著前方，我們這邊的電腦就可以看到水底下的世界。」現在她知道那名小丑魚般的女子叫茹比，她正為書尼解說道。

「還有這個是探照燈，隨著水深程度的不同能見度也會減弱，在兩百公尺的地方被稱為微光帶，仍會有晝夜的變化，現在是正中午，太陽日照最強的時刻，因此你應該能夠以肉眼判斷出海底地形的變化，還有這個是氧氣面罩，儲存氧氣有五克，足夠呼吸三十分鐘……」茹比一面不厭其煩的將每一個配件在眼前詳細比劃，以保證這個魚人小女孩、或是小男孩可以確實聽懂，最後又道：「還有最重要的是這個發報器，當你裝設好炸彈後，我定時是三十分鐘，你可以用這段時間浮上海面，我們會在附近的海面等你，因為深水炸彈引爆後會造成極大的衝擊波，我電腦顯示激起的海嘯至少會蔓延數十公里，沒有生物可以在這種狀態下全身而退，所以一看到炸彈倒數讀秒後就要快速往上游，一到海面發射信號後，看到後我們就會去接你，立即載你離開。」

「不用了，我們魚人一直都居住在這片海域，我們從不用這些東西的。」書尼道。

「但你要潛下去的地方，可是三百公尺深的陸棚呀！」茹比憂心道。

就在此時，她聽見鹿人詢問鄔瑪道：「你們都準備好了嗎？」

「沒錯。」鄔瑪點點頭。

只見魚人將所有家當綑綁在塑膠船筏上，魚人是逐水面而居的民族，哪裡的海域適合生存，便會拉動幫浦往那移居，尤其是方才茹比為大家解釋過了，炸彈會引發五百公尺高、十公里之遠的海嘯，她先用臉盆為例，上頭擺放幾只黃色塑膠小鴨和人偶，接著拍打水盆底部，藉由小鴨和人偶翻覆到水盆之外，模擬海嘯滅頂的場面。

「等一下爆炸會引發海底地震，這種衝擊波在水底下擴散的現象被稱為海嘯，可以快到每分鐘數十公里，而以數百公尺高的巨浪捲起一切拋擲出去，因此大家一定要退到陸地，最好是在離海岸數十公里之外的山地，會比較安全。」茹比道：「不然我們就會被強大的漩渦力給淹沒，比較需要注意的是海嘯通常不會只有一次，會分為前浪和後浪，而當前浪沖到岸邊時受到阻力退回海洋中心與後浪會合，產生更大的海洋漩渦。」

「所以你們的意思，是要在我們居住的鯨魚卡撒身上，炸出一個大洞嗎？為什麼非如此不可呢？」一名魚人疑問道：「我們魚人世世代代都是居住在卡撒的皮膚之上，但我們現在卻要製造『海嘯』來惹怒他？這樣不會遭受到懲罰嗎？」

「非如此不可。」鹿人道：「甲烷是一種極易燃燒的氣體，在炸裂過程中會產生不可預知的兇險，為了降低犧牲，我建議得做好充足的準備。」

「茹比，那孩子準備好了嗎？」說完，鹿人轉身問道。

茹比實在不大確定，看著眼前這個湛藍眼睛的孩子，牠真的知道牠所做的任務為何嗎？但當她看著書尼時，卻發現在牠的瞳孔中她並不存在，只有後方亞芒的倒影。

而此時，亞芒正凝視著琉璃。

「亞芒，可以請你為我祈禱嗎？當我躍入水中的一刻。」書尼走向前道。

「可是……我並不會祝禱，這應該要請鄔瑪來吧！」

「不要緊的，唱你寫的詩就可以了。」

在書尼潛入水中後的三十分鐘，看螢幕游動的光點如發光蜉蝣生物，那是書尼身上的發報器，接著螢幕右上角突然發出倒數讀秒的訊息，「那是炸彈裝設好的訊號。」輕吐一口氣，茹比道。

所有人都撤離之際，只剩茹比、還有凱斯、及亞芒三人留在飛艇中，等到書尼上岸的一刻便準備離去。但這個孩子真的裝設完畢了嗎？茹比不確定，如果牠還沒有到達預定的地點固定炸彈就啟動旋鈕，那一切都會變得不可收拾，方才牠真的有聽仔細嗎？想著那雙無瑕的眼睛她更是心如亂麻，她本來就是容易慌亂之人，這下更不知該怎麼才好。

「茹比，還剩多少時間要安全撤離呢？」凱斯的詢問打斷她紛擾的思緒。

「我電腦接收的訊號一直停留在一百公尺左右，恐怕要再派人下去，但要快，因為離爆炸時間僅存不到十分鐘了，但要找誰下去呢？」茹比道。

「我下去。」亞芒道。

亞芒從船尾躍入水中，沒有激起太大的浪花，這段時間凱斯不斷在船邊踱步，茹比幾乎每隔十秒鐘就看一下螢幕，當螢幕上亞芒身上追蹤器的光點，逐漸和書尼的光點合在一處時，一分鐘後亞芒從水底探出頭道：「找到書尼了，可以幫我一下嗎？」

「我幫您。」凱斯趕緊道。

在一百公尺深的陸棚，幾乎是上次發現書尼的位置，亞芒看見了牠的屍體。書尼的身邊環繞著一群發光性迴游魚類，彩虹似塑膠的破片妝點在髮際，像是水波中招颭的海葵觸手般，而牠的腳被一串薄膜纏住了，上頭有雙C的符號。

當所有的魚人自岸邊，聽見遙遠的海平線盡頭傳來迴盪的聲響時，像是百歲抹香鯨從肺的深處發出古老又神祕的聲納，是那樣奇特且令人哀傷。

遠遠的，海岸的盡頭飄浮出一大片物體，一開始以為是柔軟無骨骼的腔腸動物，順著一波波沸騰般海水，朝岸邊前仆後繼而來，茹比以電腦鎖定後投影在一面平坦沙灘上，立即傳輸的影像與遠方傳來略帶時間差的潮汐聲響，以一股奇異的錯位感，感染在場的魚人。所有人都清楚看到了，那是比化石還古老的存在，積累好幾個世紀的塑膠用品，原先應當是卡在礁岩縫隙中，經過強烈的震盪後，從海底漂浮而出，在海平面上形成一個奇異的8字型。

「聽過梅比斯之環嗎？沒有開始，也沒有結束，沒有起點，也沒有盡頭，像極了眼前的景象。」琉璃緩緩道。

順著海浪，第一波海嘯席捲而來，接著在海岸上留下滿滿的大型塑料垃圾、茹比想要仔細看清，但緊接著二波浪潮又席捲而來，快速將眼前沙灘淹沒，接著第三、第四……

不自覺的，幾乎所有的魚人同時下跪祈禱，對著和海同樣吸收藍色光波、同屬性的蒼穹，唱起歌來。

當海嘯止息之際，海水的波峰逐漸下降，鄔瑪走到前方，習以為常的、帶領一批魚人將海岸的塑膠分類，她從沒見過這樣多的塑膠，老實說，這裡出現的塑膠種類遠遠超過她所理解的範疇，據她所知塑膠從底層的編號可分為七大類，但眼前附生海草、海螺……小至瓶蓋、大至浴缸一類的東西，卻難以歸類。

歷經數個小時，海浪波峰逐漸下降，天空逐漸暗沉，像是虎鯨的翻身，晝與夜黑白交替後，天邊的第一顆—金星出現灰暗狂捲如海浪般破碎、千變萬化的雲層間。

「這是我們魚人的習俗，海嘯是鯨魚卡撒的憤怒，我們得用歌聲來平息他的怒氣。」鄔瑪道：「另外，每當我們在海中撈取到一個瓶中信、或是一項可用的塑膠時，我們要唱祖靈的歌，將上頭附著的災厄去除。因為我們魚人相信，漂泊的靈會附著在足以附著的事物上，我們得以詩歌除魅，才可以讓原本的靈安住在牠的所在。」

就在此時，彷彿是從扭曲的橫膈深處，蒸氣一般的，鄔瑪發出一串拔尖的聲響。接著海嘯一般此起彼落的，一個個魚人沿著－韻母依次合聲，就像鯨豚之間以聲音交談、共鳴、交尾般，魚人以一種陸上人完全不懂、離奇的方式，表達只屬於牠們自己的語言。

奇異的是，當鄔瑪唱到第二輪時，自然而然的，亞芒也幫忙和聲，亞芒的歌聲並不好聽，茹比不確定是因為走調，還是這曲調太過怪異的關係，但不知為何，有種令人想落淚的衝動，當歌聲暫歇之際，只見大量螢藍色的渦鞭毛藻緩緩自海面浮起，螢光色的湛藍，伴隨魚人的聲音，以一種即將滅頂的姿態，占領整個海面。

THE END

釀奇幻03　PG1643

永無島的旋律
——金車奇幻小說獎傑作選

策　　劃　金車文教基金會
作　　者　黃致中、睦同、謝曉昀、太陽卒、曾昭榕
責任編輯　喬齊安
圖文排版　周政緯
封面設計　葉力安

出版策劃　釀出版
製作發行　秀威資訊科技股份有限公司
114 台北市內湖區瑞光路76巷65號1樓
電話：+886-2-2796-3638　傳真：+886-2-2796-1377
服務信箱：service@showwe.com.tw
http://www.showwe.com.tw
郵政劃撥　19563868　戶名：秀威資訊科技股份有限公司
展售門市　國家書店【松江門市】
104 台北市中山區松江路209號1樓
電話：+886-2-2518-0207　傳真：+886-2-2518-0778
網路訂購　秀威網路書店：http://www.bodbooks.com.tw
國家網路書店：http://www.govbooks.com.tw
法律顧問　毛國樑　律師
總 經 銷　聯合發行股份有限公司
231新北市新店區寶橋路235巷6弄6號4F
電話：+886-2-2917-8022　傳真：+886-2-2915-6275

出版日期　2017年1月　BOD一版
定　　價　280元

國家圖書館出版品預行編目

永無島的旋律：金車奇幻小說獎傑作選 / 黃致中
等著. -- 一版. -- 臺北市：釀出版, 2017.01
面；　公分. -- (釀奇幻 ; 3)
BOD版
ISBN 978-986-445-174-6(平裝)

857.61　　　　105022297

讀者回函卡

感謝您購買本書，為提升服務品質，請填妥以下資料，將讀者回函卡直接寄回或傳真本公司，收到您的寶貴意見後，我們會收藏記錄及檢討，謝謝！

如您需要了解本公司最新出版書目、購書優惠或企劃活動，歡迎您上網查詢或下載相關資料：http:// www.showwe.com.tw

您購買的書名：______________________________

出生日期：________年________月________日

學歷：□高中（含）以下　□大專　□研究所（含）以上

職業：□製造業　□金融業　□資訊業　□軍警　□傳播業　□自由業

□服務業　□公務員　□教職　□學生　□家管　□其它____

購書地點：□網路書店　□實體書店　□書展　□郵購　□贈閱　□其他

您從何得知本書的消息？

□網路書店　□實體書店　□網路搜尋　□電子報　□書訊　□雜誌

□傳播媒體　□親友推薦　□網站推薦　□部落格　□其他________

您對本書的評價：（請填代號　1.非常滿意　2.滿意　3.尚可　4.再改進）

封面設計____　版面編排____　內容____　文／譯筆____　價格____

讀完書後您覺得：

□很有收穫　□有收穫　□收穫不多　□沒收穫

對我們的建議：______________________________

____

____

____

請貼
郵票

11466
台北市內湖區瑞光路 76 巷 65 號 1 樓
秀威資訊科技股份有限公司 收
BOD 數位出版事業部

（請沿線對折寄回，謝謝！）

姓　　名：＿＿＿＿＿＿＿＿＿＿　年齡：＿＿＿＿　性別：□女　□男

郵遞區號：□□□□□

地　　址：＿＿＿＿＿＿＿＿＿＿＿＿＿＿＿＿＿＿＿＿＿＿＿＿＿＿

聯絡電話：(日)＿＿＿＿＿＿＿＿＿＿＿＿(夜)＿＿＿＿＿＿＿＿＿＿＿＿

E-mail：＿＿＿＿＿＿＿＿＿＿＿＿＿＿＿＿＿＿＿＿＿＿＿＿＿＿